Teatertorden

Af samme forfatter

Sommerfuglen
Brændende kærlighed
En bæredygtig død

www.jurgenklahn.dk
www.facebook.com/jurgenklahnforfatter

Teatertorden

Jürgen Klahn

**Teatertorden
Jürgen Klahn**

1. udgave

Forlag: BoD – Books on Demand, Hellerup, Danmark
Tryk: BoD – Books on Demand, Norderstedt, Tyskland

ISBN 978-87-4300-402-8

Kapitel 1

”Kan den gå an?” Grete glattede sin røde kjole ned over hofterne.

Solen, der stod skråt ind ad vinduet, lagde et gyldent skær til. Strålerne kærtegnede hendes ryg og bløde nakkehår på den måde, Jensen gerne selv ville have gjort, men som han var klog nok til at vente med, så længe hun stod med det kritiske blik i spejlet.

Flere af de kjoler, han før havde beundret, lå draperet hen over sengen. ”Du er smuk,” sagde han og mente det som hver gang.

Hun blottede knæet. ”Er den for kort?”

”Nej.”

”For lang?”

”Den er perfekt. Lige som dig.”

Men komplimenten kiksede.

”Hvad med den grønne?” Hun tog den fra klædeskabet. ”Eller nederdelen?”

”Sig til, hvis jeg skal hjælpe med lynlåsen.”

”Jens Peter!” Hun fjernede hans fingre. ”Løndals kan være her hvert øjeblik.”

Selvfølgelig ville hun gerne gøre et godt indtryk på sine nye naboer. Han markerede sin egen gode vilje ved at tage slips på og ved at finde sin fine jakke frem af skabets hjørnesektion. Jakken stammede fra dengang, Lise og han var gået i teatret sammen. Den var tidløs, i hundrede procent uld, og den lå godt om skuldrene.

”Skal du have *den* på?” spurgte Grete.

Han fattede ikke, hvordan hun gjorde det med ryggen

til. Jensen kiggede ned ad sig. Det kunne da godt være, jakken sad løst i taljen, men det var kun for at tækkes Grete selv, han i mellemtiden havde smidt nogle overskydende kilo. Han læste deklarationen: 100% kashmir.

"Den er vist ikke det nyeste snit."

I det mindste sagde hun det kun om jakken, vistnok, og heldigvis ringede det på døren.

"Det er dem." Mens Grete stak i sine højhælede sko, gik Jensen ud for at åbne.

Gadelygterne var tændt på Espedalen, fuldkommen unødvendigt. To spurve skræppede i den klare aften. En sky af parfume stod om de to strålende ansigter på trappestenen.

"Gud, Jensen, er det dig?" Mette Løndal tog i hans jakkeærme. "Jeg troede, du havde fået ung mand i huset."

"Lad nu være med at drille ham." Nabo Løndal stak næven frem, renskuret og vandkæmmet som en pensionist på vej til konfirmandjubilæum. "Hvad så gamle svinger?" Han tittede om bag Jensens ryg. "Nu har du vel ikke allerede skræmt hende væk igen?"

"Grete er lige på trapperne."

Heldigvis kom hun svingende, før høfligheden bød Jensen invitere dem indenfor. Kvinderne udstødte en genkendelsens jubel.

"Hvor ser du godt ud." Mette Løndal gav hende det store klem.

"Og du med." Grete følte på Mettes frakke. "Er den ny?"

"Udsalg fra sidste år." Mette Løndal slog Gretes beundring hen. "Tænk, at du virkelig er flyttet ind hos ham.”

”På prøve.” Grete sendte Jensen et sideblik. ”Lad os nu se, om det holder.”

”Og du har allerede fundet et job.”

”Foreløbig er det kun et vikariat. Tre måneder fra i morgen, så det er min sidste friaften, vi fejrer.”

”Frisør på Aarhus Teater. Wauw!”

”Det var et rent held. Min veninde Ulla fortalte mig, at hendes kollega havde sagt op.”

”Så du slog til.”

”Hun lagde et godt ord ind for mig. Det var også hende, der skaffede mig billetterne til premieren i aften. Jeg håber, I kan lide stykket.”

”Hans fik da røverneseren op af sofaen.” Mette Løndal prikkede til sin mand, hvis jakke i hvert fald ikke var nyere end Jensens.

”Dracula,” sagde Løndal. ”Det lyder drabeligt.”

”Og lidt uhyggeligt.” Mette Løndal skuttede sig.

Jensen tog sin frakke fra knagerækken og hjalp Grete med hendes. ”Vi må hellere køre. Man ved aldrig med trafikken hen ad Kystvejen.”

”Du er vel ikke politimand for ingenting,” sagde Løndal. ”Har du ikke udrykning i bilen?”

*

Trafikken havde været fremkommelig, da Jensen tyve minutter senere styrede sin Peugeot ind i parkeringskælderen under Dokk1, kommunens kulturhus.

Han fandt en ledig lift, låste bilen, da alle var steget ud, og gennemløb alle betalingsautomatens formaninger. Ja, håndbremsen var trukket. Ingen antenner stak ud …

En gitterport skramlede for båsen. Gulvet sank, og bilen sank med. En tid kunne de følge dens vej på en TV-skærm. Så blev den væk og parkeringsproblemerne med den. Sammenlignet med at jagte en ledig plads ude på gaden eller i stormagasinernes overfyldte P-huse var det langt nemmere at overlade bilen til computerstyrede samlebånd.

”Kan du nu være sikker på at få den tilbage?” spurgte Løndal.

”Det var vist kun i starten, at systemet svigtede,” sagde Jensen.

Løndal klappede ham på skulderen, ”Ellers tager vi andre bare en taxa hjem, haha.”

”Den er god med dig, Hans.” Mette Løndal tog sin mand under armen, og sammen krydsede de alle fire letbanens ubevogtede skinner, ud i byens kulørte liv.

Gadelygterne fremhævede himlens blå, bortset fra den firkant, som Politigården skyggede for. Jensens kontor lå på fjerde sal. Han var glad for sit arbejde, men denne aften havde han fri, og selv ikke Løndals morsomme bemærkninger mindskede hans lykke ved at holde Grete i hånden.

De krydsede Europlads, fulgte åen og drejede op ad Skolegade, hvor der kom et suk fra Løndal. ”Akke ja, hvilke minder de gamle værtshuse ikke vækker om livet som ungkarl.”

”Jeg skal give dig minder,” sagde hans kone.

”Så, I to.” Grete lagde sig imellem. ”Nu er det mig, der er på hjemmebane.”

For enden af gaden tårnede bagsiden af den store teaterbygning sig op. Hun vinkede til en håndfuld skikkelser, der stod og røg rundt om bagindgangen.

”Tænk, at du kender alle stjernerne,” sagde Mette Løndal.

”Det er vist så meget sagt endnu.”

Grete styrede dem op ad Kannikegade, rundt om bygningen, hvor lyset var slukket i glasdøren til Studio scene. Omme foran hovedindgangen oplyste projektører til gengæld både teatrets facade og Bispetorv.

Bannere annoncerede aftenens Dracula-premiere. En rød løber pyntede stentrappen op til de to åbne portaler. Blitzlys illuminerede et midaldrende par, der flashede fortænderne for en journalist med mikrofon.

”Det er David.” Løndal blev stående. ”AGF’s træner,” forklarede han Grete, som om han var del af klubbens indercirkel. ”Gad vidst, hvad han ved om teater.”

”De spørger da kun om, hvor hans kone har købt sit tøj henne,” sagde hans egen kone.

”Skal vi fortælle dem om vores tøj?” Han skiftede retning hen mod blitzlysene.

”Det aner du da ikke noget om.”

Grete gav Jensens hånd et klem. ”Har du billetterne?”

”Yes! Og jeg har booket et bord på Café Hack inde ved siden af, til deres ’Late night snack’ efter forestillingen.”

De overlod den røde løber til kendisserne og tog højre port ind til foyeren, der summede af liv og publikum. Der var højt til loftet og marmor på gulvet. Væggene var pyntet med klassisk udsmykning og fløjlstæpper fra klunketiden.

Jensen købte to programmer i højglans af en ung kvinde i sort jakkesæt og gav det ene til Løndal.

Lige da han ville bladre sit eget eksemplar igennem, rykkede Grete ham i ærmet. Se! Det er Rikke Hviid." Hun vinkede. "Frisøren, som jeg kommer til at afløse."

"Hende med det vilde hår?" Hen over de mange hoveder omkring dem fik Jensen øje på en kvinde i fyrrerne, der stod på trappen op til garderoberne og lignede alt andet end en frisør. Selv hen over kakofonien af samtaler skilte kvindens stemme sig ud. "Hvem er det, hun skælder ud på?"

Manden, hun talte ned til, stod på et lavere trin og med ryggen til. Grete var holdt op med at vinke, og da manden i et kort øjeblik drejede hovedet, lød der et gisp fra Mette Løndal. "Gud, se! Er det ikke …?"

"Kasper Hjulmand?" foreslog Løndal.

"Walter Richard. Stjerneinstruktøren fra London." Stjerneglansen smittede af på Mette Løndals øjne. "Sådan en spændende mand."

Lige nu lignede instruktøren mest en pryglet hund, syntes Jensen, da denne Richard snoede sig uden om den opbragte frisør og forsvandt op ad trappen.

Rikke Hviid gik den anden vej, med næsen i sky og uden at ænse hverken Grete eller hendes følgeskab. Der var nerver på før premieren, kunne Jensen regne ud. Ikke bare hos skuespillerne.

"Hun genkendte mig nok ikke." Grete slog skuffelsen

hen. "Vi har også kun mødtes den ene gang, jeg hilste på Ulla efter ansættelsessamtalen."

Jensen fandt det på tide at komme videre. Han viste billetterne til en venlig ung mand i sort jakkesæt. De gik op ad trappen og hængte deres frakker i garderoben. En klokke ringede, og de fandt indgangen til deres sektion af tilskuerpladserne på tolvte række.

Flyvende svaner pyntede loftet rundt om krystallysekronen. Et tungt forhæng skjulte scenen, med stukfigurer af to engle over, der holdt spejle op for publikum.

"Det er symbolsk ment," fortalte Jensen. "Ved at se på skuespil bliver vi klogere på os selv," huskede han fra sine tidligere teaterbesøg.

"Jeg kan slet ikke forstå, du kommer til at arbejde her," sagde Mette Løndal til Grete. "Er du ikke vældig spændt?"

Mens de konverserede, bladrede han omsider i programmet. Der var en beskrivelse af stykket og fotos fra prøverne. 'Endnu engang har byen bevist, at vi kan sætte de helt store arrangementer op,' skrev borgmesteren i sit forord. Ud fra det ledsagende portrætfoto forstod Jensen, at borgmesteren brugte stedordet 'vi' i den majestætiske betydning.

Instruktøren Walter Richard, der på sit foto vitterligt mindede om en stylet Kasper Hjulmand, behøvede ingen særlig præsentation, stod der. Hvorefter programmet alligevel remsede hans triumfer op, spændende fra dem på Det Kgl. Teater til dem i Londons Westend.

Richards kometkarriere var gået Jensens næse forbi i de år, han ikke havde været i teatret. Til gengæld havde nogle af de skuespillere, som blev præsenteret på de følgende sider, allerede været på Aarhus Teater, dengang han kom her sammen med Lise. Unge mennesker, der i mellemtiden var modnet.

En Mortimer Hessel, der spillede titelrollen som Dracula, viste sine hjørnetænder til kameraet. Et friskt ungt ansigt ved navn Louise Stuk spillede heltinden. Hun var branchens kommende stjerne. Louise havde gennemført skuespilleruddannelsen på AT og gjort sig bemærket i en række forestillinger. Rollen i Dracula var hendes første hovedrolle i en stor produktion, og der var flere i vente, forstod han.

Jensen løb billedgalleriet igennem og prøvede på at gætte sig til skuespillernes karakterer ud fra deres udseende. Det var givetvis en erhvervsskade for en politimand, men på sin vis ekstra pirrende, når man havde med skuespillere at gøre, der levede af at forstille sig på scenen. Helte, skurke, førsteelskerinder. Stærke kvinder, bly violer. Hvor gik linjerne mellem deres private jeg og rollerne, som de spillede?

"Det er Bente Lyngby." Grete prikkede til ham, og Jensen så op fra programmet, lige tids nok til at se en fotogen kvinde finde sin plads tre rækker tættere på scenen.

"Teaterchefen." Hende kendte Jensen i det mindste fra diverse artikler i Stiften. Bente Lyngby var lille, sorthåret og rank i en kropsnær spadseredragt. Hendes hænder gik. Der var noget, hun diskuterede med den mand, der havde fulgt hende ind i salen.

Ham kendte Jensen ikke. Til gengæld genkendte han en langhåret ældre herre med gråt fuldskæg og en bar plet bag på hovedet.

"Svend Åge Madsen." Forfatteren var en institution i det aarhusianske kulturliv. "Engang i firserne var han husdramatiker her på teatret."

Dengang havde der ingen mobiltelefoner været. Nu bad en stemme i højtalerne publikum om at slukke for dem. Mens Jensen for en sikkerheds skyld tjekkede sin mobil, ringede klokken for anden gang.

Loftslyset dæmpedes, publikum dæmpede samtalerne, og Løndal bød en pose lakridser rundt. Jensen tog et stykke og skubbede det ind bag kindtænderne. Så blev der mørkt. Forhænget løftede sig, og heltinden kom ind på scenen.

Hendes kostume lignede det fra prøverne, men ansigtet virkede forkert. "Det er da ikke Louise Stuk," hviskede Jensen.

*

"Bare Louise ikke er blevet syg," sagde Grete i pausen. "Siden de bruger en substitut."

De var fulgt med strømmen af tilskuere til den ene af barerne, som lå strøet ud langs teatrets brede korridorer. Mens andre kunder stod i kø efter drikkevarer, lykønskede Jensen sig selv for at have bestilt fire glas bobler hjemmefra, som allerede stod klar i hans navn på et af de hviddækkede anretterborde.

Han delte glassene ud. "Skål." De klinkede og lod boblerne kilde ganen.

”Heltinden spillede godt,” sagde Løndal. ”Man kunne virkelig føle hendes angst, når Dracula kom tæt på.”

Jensen havde vitterligt følt hende sitre, men ikke udelukkende, når vampyren blottede sine skarpe hjørnetænder. Snarere af sceneskræk, tænkte han.

Da forhænget blev sænket, havde det næsten været som en befrielse for skuespilleren. Og for Jensen med. Rundt om dem havde bifaldet også lydt mere lettet end begejstret fra de andre tilskuere.

Han bladrede programmet igennem og fandt et foto af reserveheltinden blandt statisterne. 'Juliet Hviid,' stod der under billedet. ”Er hun i familie med din afgående kollega?” spurgte han Grete.

Grete rynkede panden. ”Hun er Rikkes datter.”

Juliet kiggede ubekymret nok ind i kameraet. Anderledes end på scenen, hvor hun tydeligvis havde været uden for sin komfortzone.

”Det må have været med kort varsel, hun blev rykket opad i rollelisten,” sagde Grete. ”Ellers ville de sikkert have annonceret ændringen.”

”Bare hun overlever anden akt,” sagde Jensen dystert.

”Bare rolig. De vinder altid over Dracula til sidst,” sagde Løndal, som om det stadig kun gjaldt kampen mod nattens fyrste.

Jensen lod hans bemærkning gå ud ad det andet øre. Blandt grupperne af teatergæster havde han opdaget en mand, der virkede malplaceret i sin grå tweedjakke og med en cigaret klemt ind bag øret. ”Petersen. Hvad laver du her?”

Manden kom over til dem, ledsaget af en ung kvinde

med et kamera om halsen. "Hvad så, Jensen? Skal du anholde denne hr. Dracula for hans ugerninger?"

"Har de degraderet dig til kulturstof?" Jensen stak ham på næven.

Petersen lo. "Ingen kommentar."

"Mød min kæreste." Jensen præsenterede ham og Grete for hinanden og huskede også at inddrage Løndals. "Sigurd Petersen er journalist på Stiften."

Sigurd Petersen talte ud ad mundvigen til Grete, som en anden hemmelig agent. "Jensen plejer at være leveringsdygtig i kriminalsager."

"Ikke i aften," sagde Jensen.

"Det er da ellers et mysterium, hvorfor Louise Stuk ikke optræder. Jeg har prøvet at komme i kontakt med hende, men hun svarer ikke."

"Hvorfor skulle hun også det?"

"Hun har lovet mig et interview efter forestillingen, men ingen ved, hvad hun laver." Han holdt en hånd op. "Men se nu der."

En slipseklædt mand var kommet ind ad en af sidedørene fra teatrets baglokaler. "Det er Samuelsen," sagde Petersen. "Kulturrådmanden, som repræsenterer kommunen i teaterbestyrelsen."

Jensen genkendte straks politikeren som den mand, der havde diskuteret med teaterchefen før forestillingen.

"Samuelsen. Har du et ord til pressen?" Sigurd Petersen skyndte sig hen efter rådmanden, der blev stående og smilede professionelt nok, ikke mindst til hans fotograf, men hvis påtagne venlighed ikke snød Jensen. Afbrydelsen kom ubelejligt.

"Hvad siger du til stykket?" spurgte journalisten uanfægtet.

"Jeg synes, at det er sat meget stemningsfuldt op."

"Ved du, hvorfor Louise Stuk blev udskiftet i sidste sekund?"

"Et ildebefindende." Samuelsen skelede til den dør, han lige var kommet fra.

"Er hun deromme?"

"Der er ingen adgang, som du kan se." Samuelsen forsvandt med et nik og en afskedshilsen.

"Det skal da komme an på en prøve." Journalisten gik hen og tog i døren på trods af dens 'Privat'-skilt.

Men låsen var smækket i, så han vendte tilbage til Jensen med bekymrede rynker i panden. "Et ildebefindende?"

"Hvis hun er for syg til at optræde, føler hun nok heller ikke for at komme på forsiden."

"Hun lød ikke syg overhovedet i eftermiddags. Tværtimod var hun meget opsat på at møde mig."

Der var sikkert også forskel på at være politimand og skuespiller, tænkte Jensen, der altid selv have skyet at komme i overskrifterne. "Kan du ikke bare interviewe hendes afløser?"

"Jo …" Sigurd Petersen tog en notesblok fra inderlommen. "Det lød bare på Louise, som om netop hun havde noget personligt at sige i forbindelse med Richards suspendering."

"Er han suspenderet?"

"Samarbejdsvanskeligheder, skriver teatret i det, man kalder en kortfattet pressemeddelelse."

”Samarbejde med hvem?”

”Det skriver de ikke.”

Desuden ringede klokken til anden akt, og Løndal blandede sig. ”Hvad så, Jensen? Skal vi gå ind og se, om heltinden overlever?”

*

Heltinden overlevede skuespillet, men inde i sit kostume virkede Juliet Hviid stadig rystet. Først efter finalen, hvor skuespillerne stod hånd i hånd og bukkede og tog imod bifaldet og fik overrakt en rose hver, og hun fik en hel buket, smilede hun lettet.

Jensen og Grete og Løndals rejste sig sammen med tilskuerne omkring dem og klappede høfligt skuespillerne frem to gange, før tæppet hurtigt sænkedes definitivt, og lyset blev tændt i salen. Den store begejstring havde det været svært at mobilisere.

”Jeg må hellere gå bagom og høre, hvad der er sket med Louise,” hviskede Grete, mens publikum begyndte at defilere ud til garderoberne. ”Hvad siger du til at gå over på Café Hack med dine naboer, og så kommer jeg lige om lidt.”

”Hvad siger I til at gå over på Café Hack i forvejen?” foreslog Jensen Hans og Mette Løndal. ”Jeg har booket et bord til fire i mit navn, og vi kommer over lige om lidt.”

Han kunne godt se, de gerne ville have været med om

bag forhænget sammen med ham og Grete, men accepterede heldigvis hendes forklaring om, at teatrets maskinrum var svært at få adgang til for andre end de ansatte.

Det var i forvejen svært for Grete selv at få adgang, viste det sig. En trappe førte fra salen op til et hjørne af scenen, men da hun skubbede forhænget til side, gjorde en tekniker venligt, men bestemt opmærksom på, at kun personalet kunne komme op den vej.

"Jeg er den nye frisør," forklarede Grete. "Det er mig, der skal starte i morgen."

"Jaså?" Teknikeren kiggede op og ned ad hende. Han var skaldet og middelhøj, og næsen knækkede på midten. Ved synet af Jensen veg han tilbage.

"Benny?" Jensens hukommelse satte ind. Han kendte ansigtet. Han havde bare ikke regnet med at møde det her. "Jeg vidste ikke, du allerede var på fri fod igen."

"Jeg," Benny hostede, "fik tidlig prøveløsladelse på grund af god opførsel."

"Tillykke. Og du har allerede fået et nyt job?"

"Lediggang er roden til alt ondt."

"Husk nu at holde dig på måtten denne gang."

"Det kan du bide spids på, jeg gør. Jeg skal i hvert fald ikke bag tremmer igen, boss."

"Ikke noget 'boss'. Bare du vil lade os komme ind på scenen, så Grete kan hilse på sine nye kolleger."

Benny trådte til side.

Der stod nu ingen kolleger på scenen, men fra et lokale bag kulisserne kunne de høre stemmer.

"Det er regien," sagde Grete. "Teatrets hjertekammer."

Stedet lignede baglokalet på et værksted. Der stod ringbind og computere på hylderne, og der stod kaffekopper og termokander på et slidt bord, side om side med det, der lignede assorterede arbejdsredskaber. Kabler, skruetrækkere, notesblokke. Højtalere og en fladskærm hang på væggene. Tøj hang på knager eller lå henslængt over stolerygge.

"Det er her, skuespillerne følger med i stykket og venter på deres stikord," forklarede Grete.

Nu stod de vist og afreagerede. Et virvar af stemmer fyldte rummet. Skuespillerne havde smidt parykkerne, men havde stadig deres kostumer på. Jensen genkendte både Juliet og Dracula og flere af de andre. I scenelyset havde sminken givet ansigterne karakter. Her i det mørkere baglokale virkede de sminkede ansigter groteske.

Teaterpersonalet, som ikke havde været på scenen, var i deres arbejdstøj. Alle stod med glas i hånden, og flasker gik på omgang, men ingen skål blev udråbt på den overståede premiere. Stemningen var ophidset. Mange stod og diskuterede sammen i grupper, og de færreste tog notits af Jensen og Grete.

Kun en krølhåret kvinde kom hen og gav Grete et knus.

"Det er min veninde Ulla, der skaffede mig jobbet." Grete præsenterede. "Og ham her, det er min kæreste Jens Peter."

"Velkommen til." Ulla var lidt yngre end Grete. Hun smilede, men smilet havde svært ved at skjule hendes bekymring. "I lagde selvfølgelig mærke til, at Louise ikke var på scenen."

"Er hun kommet noget til?" spurgte Grete.

"Ingen ved det. Hun sendte en sms til Bente Lyngby lidt i halv syv om, at hun var blevet syg og gået hjem, men hun tog ikke telefonen, og da Bente Lyngby sendte Gerhard hjem til hende, var Louise der ikke."

"Det forklarer, hvorfor Juliet kom på scenen med kort varsel?" Jensen fulgte Gretes blik hen til reserveheltinden, der stod og hviskede sammen med Mortimer Hessel.

Men det forklarede ikke, hvad der var blevet af Louise Stuk, og lige siden den korte samtale med Sigurd Petersen i pausen havde han mærket en uro brede sig i sit indre. Jo længere tid der gik, desto mere utålmodig blev han efter at høre forklaringen på hendes forsvinden.

I mellemtiden havde Juliet fået lidt kulør under teatersminken, men hun virkede stadig underdrejet af en skuespiller at være, der burde fejre premieren. Hun havde smidt parykken, men endnu ikke løsnet de spænder, der holdt hendes eget hår så tæt ind til hovedbunden, at ansigtet lignede en dødsmaske.

Hendes kolleger virkede næsten lige så alvorstunge. Mysteriet om Louise Stuk, der var blevet væk halvanden time før, hun skulle spille hovedrollen, påvirkede tydeligvis også dem.

"Det er nok ikke tidspunktet at hilse på," sagde Grete.

"Du kunne jo vise Jens Peter din nye arbejdsplads, nu I er her," foreslog Ulla. "Kan du selv finde rundt, eller skal jeg følges med jer?"

"Vi kan sikkert få brug for en guide."

Det viste sig at være en klog beslutning, da de ophidsede stemmer lidt senere fortonede sig bag dem. Ulla førte dem hjemmevant gennem teatrets baglokaler, men uden hende kunne de hurtigt have mistet orienteringen.

"Sminken her, den kender du." Hun pegede ind i et lyst lokale, hvor der duftede som i en frisørsalon – hvilket det vist også var. I stedet for vinduer i væggene hang der et helt arsenal af strategiske halogenspots i loftet. En række frisørstole stod linet op foran lige så mange spejle.

Bøtter og tuber stod på hylderne. Flamingohoveder med og uden parykker på.

"Det bliver en ny måde for mig at arbejde på," sagde Grete.

"Færre studsninger og mere sminke, og det skal tit gå hurtigt, men skuespillere er ikke værre end så mange andre kunder. Tværtimod. De går meget professionelt til værks, hvad deres udseende angår." Ulla spredte optimisme. "Jeg er sikker på, du vil falde godt til."

Hun fortsatte hen ad en gang, langs hvis ene side der hang sværd og daggerter i alle størrelser og faconer fra kroge på væggen.

"Det ser drabeligt ud," sagde Jensen.

"Så skulle du se samlingen af skydevåben." Ulla smilede til ham. "Som naturligvis kun bliver brugt som staffage på scenen."

"Forhåbentlig med omtanke." Nogle af sværdene lignede museumsgenstande fra tidsaldre, hvor en god husar raskvæk var gået til stålet, når hans ære skulle forsvares.

Han trak et af dem op af skeden. Klingen var blank, men dog sløv.

"Hvad plejer der at hænge på den sidste krog?" spurgte han, da de nåede hen for enden af gangen.

"Endnu et sværd. Måske har vores regissører taget det herind til et af deres projekter. Man ved aldrig, hvad de kan finde på af *special effects*." Ulla åbnede en dør. "Det er deres værksted. Eller legestue, om man vil."

Værktøj lå fremme på en drejebænk. Igangværende projekter stod rundt omkring. En cykel på mederne fra en gyngestol, en adskilt gadelygte.

Ulla skjulte ikke sin begejstring. "En kuglepen med laserkanon? Ild af en buket blomster? Usynligt blæk, dryppende blod? Værsgo! Alt kan laves. Og de elsker det."

Jensen fik øje på et ledigt hylster, der mindede ham om det manglende sværd ude på gangen. Selve sværdet manglede. Til gengæld opdagede han en brunlig plet på gulvet. "Jeg håber kun, det er kunstigt blod?" spurgte han med stigende uro.

Ulla rynkede panden. "Den plet har jeg ikke set før."

"Der er flere her." Jensen fulgte sporet. En udtværet klat her, en mere lidt længere henne …

Sporet endte ved en låge i væggen.

Ulla fnisede nervøst. "Grete har godt nok fortalt mig, du er politimand."

Jensen snusede. En svag duft af jern hang i luften. Det kunne da også godt være, han bare var miljøskadet fra sit arbejde, men et eller andet fik ham alligevel til at se sig om efter noget, han kunne vikle om lågens håndtag, før han lagde hånd på den.

Henne ved værkstedets ene væg var der en køkkenvask. Ved siden af vasken lå der en tom frysepose. Han brugte posen som handske og trykkede håndtaget ned.

Lågen gled op af sig selv. Kroppen, der havde ligget op ad den, rullede ud. Ansigtet var hvidt og blikket stift. Alligevel genkendte han straks Louise Stuk. Hun var i jeans og sneakers og en bluse, der engang havde været hvid. Nu var den rød af blod. Et sværd stak op af hendes bryst.

Kapitel 2

"Louise!" Ulla tog en hånd for munden. "Åh nej." Hun ville bøje sig ned til den livløse krop, men Jensen holdt hende tilbage.

Han gik selv på hug for at finde den puls, han på forhånd vidste, ikke ville være der. Sværdet havde gennemboret både hjertet og lungerne, gættede han, og skuespillerens hud føltes som voks.

Han rejste sig op og udvekslede et blik med Grete, der virkede chokeret, men fattet over den drejning, deres hyggelige teateraften havde taget.

Hans telefon havde været slukket under forestillingen. Idet han tændte for den, kom han i tanker om Løndals, der nu sad på Café Hack, men den fælles Late night snack måtte vente. Han ringede til Lars Henning, sin gode kollega fra Personfarlig kriminalitet.

"Spar på udrykningen," afsluttede Jensen efter en hurtig forklaring. "Hvis I kører om til Skolegade, venter jeg ved bagindgangen."

Straks efter lød der et skrig, som fik to glas til at klirre henne i vasken.

"Juliet!" Ullas forsøg på at neddæmpe skuespilleren, faldt til jorden.

Juliet Hviid pressede bare hænderne for sine ører. Jensen havde ikke hørt hende komme, men der stod hun i værkstedet, stadig udklædt i teaterkostume og med vidt åben mund.

Grete lade armene om hende. "Juliet. Shh!"

"Hvem …?" Teatersminken udpenslede hendes rædsel. Øjnene flakkede til og fra sværdet i Louises bryst.

På scenen ville den døde have rejst sig op og have taget imod publikums bifald, men dette var ikke noget teatertrick. Ingen af de *special effects*, Ulla havde fortalt om. Louise blev liggende. Bleg og død og med stirrende øjne.

"Det bliver godt igen. Det skal nok blive godt." Grete vendte Juliet væk fra liget. Hun aede hendes kind, med blandet succes.

Mens den unge skuespiller græd snot ind i hendes røde kjole, kom Juliets kolleger løbende. "Hvad sker der?"

Jensen puffede de tre kvinder ud af værkstedet og fulgte selv efter. Han lukkede døren og bredte armene ud. "Der er sket et uheld."

Den oprørte teatertrup lod sig ikke spise af så let.

"Hvad for et uheld?" sagde Mortimer Hessel i sit Dracula-kostume.

"Jeg vil gerne bede jer gå tilbage til regien," sagde Jensen. "Og vente der, til I hører nærmere."

"Hvem er du overhovedet?"

Jensen viste sit ID frem. "Politi."

Et øjebliks stilhed blev afløst af nye spørgsmål. "Har det med Louise at gøre?"

Han afværgede dem alle med en håndbevægelse. "I vil blive informeret hurtigst muligt. Indtil da gør I, som jeg siger."

Mens de skulende og mumlende trak sig tilbage, bad han Ulla og Grete vente i det, teaterfolk åbenbart kaldte sminken, med Juliet.

"Jeg kommer ind til jer om et øjeblik," sagde han til den unge skuespiller. "Kan du klare dig så længe?"

Hun rystede på hovedet. Ærligt nok og lige så smertefuldt for ham.

"Jeg er ked af det," sagde han hjælpeløst. "Jeg ved godt, Louise var din kollega."

"Min bedste veninde," hviskede Juliet.

"Kom," sagde Grete. "Vi går hen, hvor der er mere ro."

"Jeg henter et glas til dig," sagde Ulla, der fulgtes med dem.

"Gør det, men lad venligst være med at fortælle nogen om drabet," sagde Jensen efter hende.

"Drabet." Ulla blev stående, som om konklusionen først nu ramte hende. "Men hvordan … Hvorfor?"

"Har du et bud?"

Frisøren fik blanke øjne. "Louise var så livsglad. Entusiastisk. Lige siden hun startede som elev."

"Og dygtig må hun have været?"

"Hjælpsom." Stemmen sprak. "Hjertelig mod kollegerne og kammeraterne. Både dem fra hendes egen årgang og dem under."

"Kan du huske, hvornår du sidst så hende i live?"

"Det gjorde jeg her til aften. Ved halvsekstiden. Jeg, sagde, 'Du møder tidligt', men det var jo også hendes premiere. Jeg sagde, "Vi ses, når du er klar'. Jeg skulle have friseret hende, men hun dukkede aldrig op."

"Var der nogen sammen med hende?"

"Jeg syntes, jeg hørte Walter Richard, og det kom bag på mig, fordi han …" Ulla tøvede.

Jensen kom i tanker om Sigurd Petersens antydninger. "Fordi han var blevet suspenderet?"

”Det må du hellere spørge Bente Lyngby om.”

*

”Bare et sidste spørgsmål.” Jensen kiggede op og ned ad gangen. ”Jeg bad kollegerne tage bagindgangen fra Skolegade, men hvor finder jeg den egentlig henne?”

Ulla viste ham vejen til en bred dør. ”Den smækker selv i, så du må hellere låne min nøgle.”

”Tak.” Mens hun gik tilbage for at stå Grete bi med Juliet, åbnede han døren ud til Skolegade. Det var her, rygerne havde stået, da de var ankommet først på aftenen, Grete og han og Løndals.

Dengang havde det endnu været lyst. Nu mindede den friske luft ham om, hvor optimistisk en forårsaften det havde været til at begynde med. Uden for murene fortsatte verden da også, som om drabet på Louise aldrig var sket. Et sted lød der musik fra et af værtshusene.

Lyset fra en mørk Passat strejfede en gruppe fodgængere. Lars Henning, afdelingens unge indsatsleder, kom allerede kørende. Jensen vinkede, og Passaten holdt ind til siden. Tre døre gik op. Lars Henning steg ud sammen med Jesper, deres håndgangne kollega, og Signe, som kun havde været i Personfarlig kriminalitet nogle få måneder, og som Jensen derfor følte en særlig beskyttertrang over for.

”Det var hurtigt,” sagde han.

”Halsnæs er også på vej.” Lars Henning pegede på en bil mere. ”Vi var til komsammen på Retsmedicinsk med ham."

Retsmedicineren steg ud med sin tykke lægekuffert i hånden og med det verdensrætte udtryk i ansigtet, som han brugte til at holde folk på afstand med. Bag ved den påtagede pessimisme blinkede et par vågne øjne. Jensen kendte ham. Deres veje havde krydsedes igen og igen siden hans første drabssag for en halv menneskealder siden.

Opløbet tiltrak stadig flere nysgerrige, da to patruljevogne fulgte, og derefter en ambulance.

"Vil I sørge for at afspærre Skolegade her bag ved teatret," sagde Lars Henning til en af de uniformerede kolleger.

"Hvordan ser det ud på den anden side af bygningen?" spurgte han Jensen.

"Du må hellere placere et par mand deromme."

Lars Henning gav instruksen videre. "Tror du, at gerningsmanden stadig kan være i bygningen?"

"Efter alt at dømme, blev Louise dræbt før forestillingen, så han har haft rigelig tid til at forsvinde." Jensen kiggede op ad muren, hvor der hang et kamera. "De må også have noget overvågning ved hovedindgangen."

Det ville tage sin tid at nærstudere alle optagelserne. Mange var gået ind og ud ad teatret – både publikum og ansatte. Men den tid, den glæde.

Foreløbig førte han Lars Hennings hold og Halsnæs tilbage til værkstedet. Jernsmagen hang tydeligt i luften nu. "Det var her, vi fandt hende," sagde han. "I skabet. Sporene tyder på, at hun blev dræbt midt på gulvet."

"Shit," sagde Jesper ved synet af det blodige lig.

Signe gjorde en voldsom synkebevægelse.

"Er du okay?" spurgte Jensen.

Hun rankede sig. "Selvfølgelig."

Som den yngste ville hun ikke være andet bekendt, vidste han fra sine egne erfaringer. Først nu, som gammel, havde han accepteret, at man aldrig vænnede sig til det første møde med et drabsoffer.

Lars Henning åbnede sin skuldertaske og delte beskyttelsesdragter ud, som de tog på: fiberfri heldragter, handsker, huer og futter.

Halsnæs satte sig på knæ ved liget. Han tog dets temperatur. Han følte på huden. Han nikkede til Jensen. "Dit estimat er nok ikke helt forkert. Hun har været død i mindst tre timer. Lidt mere måske. Jeg tænker, at skabet har holdt på varmen."

Ligets overkrop var væltet ud af aflukket, da Jensen åbnede lågen. Benene lå inde i mørket, omgivet af spande og koste og andet rengøringsgrej. Et eller andet blinkede under det ene bukseben.

Det var en mobiltelefon. Han samlede den op og vinklede displayet mod et af værkstedets lysstofrør, men opdagede ingen fingeraftryk.

"Louise meldte sig syg inden forestillingen." Han aktiverede skærmen.

Sms'en var der stadig, sendt klokken 18.20. "Frygtelig ked af at måtte melde afbud til forestillingen, men er gået hjem med forfærdelig mavepine. Knus Louise."

Et hav af ubesvarede opkald var derefter gået ind fra Bente Lyngby og Mortimer Hessel. I al ubemærkethed, fordi telefonen stod på lydløs.

*

Ophidsede stemmer nåede dem fra gangens modsatte ende.

"Jeg bad Juliets kolleger vente henne i regien," sagde Jensen. "Vi må hellere tage os af dem, før der bliver mytteri."

"Nåede du at tale med nogen af dem?" spurgte Lars Henning.

"Overhovedet ikke." Jensen fortalte om den sorte sky, der havde ligget over teatret allerede før, han fandt liget. Ingen havde følt for at smalltalke dengang, og bagefter havde de praktiske opgaver optaget ham.

"Vi mangler at høre, hvordan sværdet endte her på værkstedet," sagde han. "Om håndværkerne tog det fra væggen til en opgave, eller om gerningsmanden selv havde det med. Vi mangler i det hele taget at registrere personalet."

Lars Henning kiggede på Jesper. "Var det en opgave for dig, så viser jeg teknikerne på plads, når de ankommer."

"Fint nok."

"Og jeg vil gerne tale med Louises veninde Juliet." Jensen fortalte om den unge skuespiller, som med kort varsel havde overtaget hovedrollen efter Louise – og som var brudt sammen ved synet af sin døde veninde. "Helst med Signes hjælp."

De fandt Juliet siddende i sminken, foran et af de

mange spejle, med et halvtomt glas og en flaske champagne inden for rækkevidde mellem hårplejeprodukterne på hylden. Ikke længere i sit teaterkostume, men afsminket, i jeans og trøje. Håret, som havde siddet så tæt ind til hovedbunden, var kommet fri af spænderne. Grete stod og redte det ud med en børste.

Ulla sendte Jensen et forsigtigt smil over skuespillerens forvandling. Juliet virkede mere rolig nu i Gretes hænder. Øjnene, der mødte ham i spejlet, var heller ikke sminket på den groteske måde længere. Hun mønstrede ham vagtsomt, men slappede af, da han præsenterede Signe for hende.

"Hvis jeg havde vidst, hvad der var sket, ville jeg aldrig være gået på scenen," sagde hun.

"Du spillede så godt," påstod Grete.

"The show must go on og alt det der, men ikke for enhver pris. Ikke hvis jeg havde vidst, hun var død."

"Det er jo ikke din skyld," sagde Grete.

"Jeg havde en dårlig fornemmelse fra starten, men de pressede mig til at spille." Tårerne begyndte at løbe igen.

Signe gav hende en Kleenex fra hylden. "De må have stor tillid til din kunnen. At lade dig gå på med så kort varsel."

"Vi havde øvet rollen sammen. Hun var jo nærmest flyttet ind hos mig." Juliet tørrede øjnene. "Louise sagde det for sjov nogle gange, til prøverne: Hvis hun kom noget til, kunne jeg overtage rollen med ti minutters varsel."

"Regnede hun da med at komme noget til?"

"Overhovedet ikke. Jeg fortæller bare, hvordan hun bakkede mig op." Gråden tog fat. "Louise, for fanden!"

Signe holdt om hende.

"Jeg …" sagde Juliet, men blev afbrudt af en skinger stemme.

"Hvor er hun henne?"

"Du kan ikke komme ind her." Jesper lød myndig, men kom alligevel til kort.

"Slip mig!"

Nogen kom løbende hen ad gangen, døren fik et spark, og Rikke Hviid dukkede op, med Jesper på hælene. "Du lever!" Hun druknede sin datter i et knus.

*

"Selvfølgelig gør jeg det. Hvad troede du?" Juliet gjorde sig fri af sin mor.

"Jeg måtte ikke se dig for politiet."

"Du kan jo hilse på dem." Juliet præsenterede Jensen og Signe for hende.

Rikke Hviid sprang alle høflige fraser over. "Det var Richard," sagde hun. "Ikke?"

Jensen gav tegn til Jesper i døren om, at situationen var under kontrol, inden han svarede. "Det var Richard, der hvad?"

"Der forgreb sig på Louise." Rikke Hviids hånd gik til en saks på hylden. "Det svin."

Den familiære lighed var umiskendelig mellem mor og datter, aldersforskellen fraregnet, men morens øjne var blodskudte af bekymring eller vrede, og loftsbelysningen gjorde intet for at mildne effekten.

”Hvorfor tror du, at Walter Richard forgreb sig på Louise?” spurgte Jensen.

”I kommer da ikke rykkende med den halve politistyrke for sjov.”

”Louise er død,” hviskede Juliet.

”Oh, shit!” Rikke Hviid slog hænderne for øjnene. ”Jeg skulle …”

”Hvad skulle du?” spurgte Jensen.

”Hold nu kæft!” Hendes vrede mindede ham om optrinnet i foyeren før forestillingen. Dengang var den gået ud over Walter Richard. Nu fik han den selv at føle. ”Standset ham er det, jeg skulle.”

”I at gøre hvad?”

”De skændtes. Jeg kunne høre dem. Richard og Louise.”

”Hvor?”

”I omklædningsrummet.”

”Hvornår?”

”Lidt i seks vel? Før alle de andre begyndte at møde op til forestillingen.”

”Hvad skændtes de om?”

”Hvad tror du, Louise betalte ham for rollen med?”

Juliet blandede sig. ”Lad nu være, mor.”

”Lade være? Så du kan blive den næste på hans liste? Og når han så er færdig med dig, truer han dig til at holde mund om det?”

”Påstår du, at Walter Richard truede Louise Stuk?” spurgte Jensen.

Rikke Hviid ignorerede ham. ”Kom!” Hun tog fat i sin datter. ”Du skulle aldrig have været på scenen. Ikke i det her galehus. Vi går."

"Lige et øjeblik." Han blokerede vejen. "Hvad truede Richard Louise med?"

"Er du fatsvag?" Spejlene på væggen mangedoblede hendes raseri. "Pressen var på sporet af ham, og hun var den næste, de ville interviewe."

Kapitel 3

”Hvad står du og glor for?” En spytperle ramte Jensens hage. ”Find Richard, før han skrider.”

”Vi skal nok tale med alle vidner,” lovede han, og hvis nogen flygtede, var det som regel bare værst for dem selv. ”Derfor vil jeg også gerne bede dig om at lægge dit navn og nummer hos min kollega fra før.”

Rikke Hviid tog sin datters hånd. ”Juliet. Vi går.”

Den unge skuespiller sendte Jensen et hjælpesøgende blik. ”Er jeg færdig her?”

Jensen stod hende bi. ”Du må desværre blive hos os lidt længere.”

”Nå, men vi mødes i foyeren.” Rikke Hviid dampede af.

”Hun er nervøs på mine vegne,” forklarede Juliet loyalt nok.

”Det, hun fortalte om Walter Richard lød heller ikke videre sympatisk.”

Juliet kiggede ned på sine hænder. ”Jeg ved ikke, hvad jeg skal mene.”

”Kom han for tæt på dig?” spurgte Signe.

”Richard? Aldrig.”

”Krænkede han Louise?”

”Ikke det, jeg ved af.”

Signe udvekslede et blik med Jensen.

”Jeg tror, vi har belemret dig længe nok for i aften,” sagde han til Juliet. ”Har du nogen, der kan tage sig af dig?”

”Min mor.” En antydning af sarkasme strejfede hendes udtryk.

"Ellers kan vi bede nogle af kollegerne om at køre dig hjem."

"Nej tak. Det er ikke nødvendigt." Hun begyndte at samle sine ting sammen.

"Stakkels pige," sagde Grete, da skuespilleren var gået.

"Med den mor?" sagde Jensen. Rikke Hviid var kommet ind som en furie. På den anden side havde hendes vrede kun været rettet mod politiet – ikke mod sin datter.

"Oven på drabet er det vel kun naturligt, at Rikke bekymrer sig om Juliet."

"Nu ved vi da i hvert fald, hvad hun skældte Walter Richard ud for i foyeren," sagde Jensen. "Ved du, hvor vi kan finde ham henne?" spurgte han Ulla.

"Jeg har gemt hans nummer. " Hun scrollede sin telefon igennem.

*

"Walter Richard," sagde en kraftig stemme i telefonen.

"Det er politiet." Jensen fik øje på sin frisure i et af spejlene. Måske var der en grund til, at Grete altid bad ham udskifte sin håndgangne herrefrisør. "Jeg står på Aarhus Teater. Der er sket noget, som jeg gerne vil tale med dig om."

"Louise er død."

"Hvordan kan du vide det?"

Richard lød bister. "Kulisserne har ører."

”Hvor er du henne?”

”Eftersom Bente har suspenderet mig, og staben ikke ønsker at røre mig med en ildtang, holder jeg mig lidt i baggrunden.”

”Et sted, hvor jeg kan finde dig?”

”I baren bagtil, men lad os mødes på Studio scene. Der er mere ugeneret.”

”Hvor finder vi den?”

”Jeg kan guide jer,” sagde Ulla, der havde lyttet med.

”Det ville være dejligt.” Jensen tog Grete ind til sig. ”Mon ikke vores veje skilles her? Hvis du vil tage dig af Løndals, melder jeg mig hurtigst muligt bagefter.”

Signe fulgtes med ham. Studio scene var den mindste af teatrets tre scener, forklarede Ulla dem på vej hen ad nogle forladte gange. Den blev gerne brugt til mere eksperimenterende forestillinger.

De kom ind i den lille teatersal ad en sidedør. Hun tændte lyset. ”Kald på mig, hvis I skal have hjælp til hjemvejen.”

Scenen var sort og firkantet lige som resten af rummet. Sort som projektørerne i loftet, højtalerne og en mikserpult i det ene hjørne. Ingen forhæng skilte scenen fra de få tilskuerrækker.

”Alting ligger åbent frem her. Det er for at nedbryde det, vi kalder den fjerde væg.” Stemmen kom fra salens modsatte side.

Walter Richard snoede sig ned gennem stolerækkerne. ”Når man fjerner forhænget mellem scenen og publikum, bliver tilskuerne til en del af stykket.”

Han var som klædt på til omgivelserne, i et sort jakkesæt med en hvid skjorte under, og havde bundet en polkaprikket charmeklud om halsen.

"Prøv selv." Han satte sig på scenekanten.

"Det er ikke et teaterstykke." Jensen blev stående. "Det er alvor. Som du sagde før: Louise er død."

Instruktøren hang med skuldrene. "Det var her på Studio scene, jeg så hende første gang. Sidste år," sagde han dystert. "Trine havde tilbudt mig jobbet og inviterede mig til at se tredjeårselevernes afgangsforestilling. Louise var en af dem og så alligevel noget helt for sig selv. En stjerne i sin helt egen klasse. Jeg vidste straks, at jeg ville have hende."

"Som skuespiller," tilføjede han efter en kunstpause.

Han kunne selv være den fødte skuespiller, tænkte Jensen. Stemmeføringen havde mindet om en monolog. Richard manglede kun at bukke for et imaginært bifald for at komplettere billedet af den tragiske helt.

I stedet fik han Signes kulde at føle. Hun lod sig ikke blænde af retorikken. "Var det Louise, der havde klaget?" spurgte hun bramfrit.

"Klaget?"

"Du blev vel ikke suspenderet for ingenting."

"Nå, det." Han lo. "Kald det en erhvervsrisiko, når man har med de store følelser at gøre. Had, kærlighed, jalousi. Nogle af de unge piger kan have svært ved at skelne mellem den professionelle passion og den private, når vi kalder dem frem på scenen, og når de så ikke føler dem gengældt, bliver de skuffede."

"Hvad mener du med professionel passion?"

Han så på Jensen efter hjælp. "Skuespil er fysik. Lige som fodbold. Kan du forestille dig fodbold uden kropskontakt?"

Nogle af de store navne var blevet lovlig sarte, følte Jensen, men inden han fik sig vævet ud i en analyse af VAR-teknikkens genvordigheder, sprang Richard op.

"Kom her! Det er den store finale. Du er helten. Skurken har presset dig op i en krog og trækker sit sværd. Hvad gør du?"

"Jeg snakker ham til fornuft?"

"Du trækker dit eget sværd. Op med armen, den ene fod frem. Ud med brystet!" Richard rettede på hans albue, gav ham et puf i ryggen og trak skulderbladene tilbage. "Kan du mærke forskellen?"

Det kunne han faktisk. Jensens nakkehår rejste sig.

"Synes du vel, det var et overgreb?"

"Nej," sagde Jensen.

"Der kan du se." Richard slap ham fri. "Hvad med dig, Signe? Vil du prøve?"

Men Jensen lagde sig imellem. "Det handler om i aften," sagde han. "Ifølge vidner mødtes du med Louise ved halvsekstiden."

"Det er korrekt. Jeg ville ønske hende knæk og bræk."

"Selv om du var suspenderet?"

"Det skulle da ikke ødelægge hendes store aften."

"En time senere var hun død."

"Jeg ville ønske, jeg var blevet hos hende."

"Vidste du, at hun havde lovet Stiften et interview efter forestillingen?"

For første gang missede Richard en hurtig replik.

”Var du bange for, hvad hun kunne finde på at fortælle?” spurgte Jensen ind i hans tavshed.

”Vi talte om det,” sagde Richard omsider.

”Vidnerne hørte jer skændes.”

”Det er løgn. Vi … Det kan da godt være, at vi blev …”

”Passionerede?”

”Vi koordinerede, hvad der ville være det rigtigste at sige.”

”Sandheden?”

”Pf! Den kan pressen altid fordreje, hvis man ikke passer på.”

”Hvad var der at passe på for?”

”En eller anden havde bildt journalisten ind, at jeg nedbrød skuespillerne, hvis de ikke makkede ret, så jeg var bange for, hun skulle fremstå som en dum protegé, der havde fået rollen ved at *please* mig.”

”Hvilket hun ikke havde?”

Instruktøren bankede næven mod scenekanten. ”Hvis du tror, jeg myrdede hende, kan du spørge Mortimer. Han kom ind, da vi skiltes. Jeg gav hende et knus, og siden så jeg ikke Louise igen. Jeg forlod teaterbygningen og kom ikke tilbage før ved syvtiden.”

”Har du et alibi?” spurgte Signe.

”Alibi?”

”Nogen, der så dig et andet sted i byen?”

”Det skulle jeg selvfølgelig have tænkt på at skaffe mig.”

*

Pludselig var hun alene i sminken.

Grete snusede til hårprodukterne på hylden. Duften var uvant, omgivelserne var fremmede. På forhånd havde hun glædet sig til at prøve kræfter med et nyt arbejde efter mere end tredive år som selvstændig frisør hjemme i Rinkenæs, men lige nu savnede hun de trygge rammer, savnede butikken med de store vinduer ud til Sejrsvej og sin medarbejder Gurli, der altid var klar med en frisk bemærkning.

I det mindste kunne hun vende tilbage dertil, hvis eksperimentet her slog fejl. Tilbage til landsbyen og fortsætte som før. På lang sigt ville Gurli gerne overtage forretningen permanent, men foreløbig havde de klogelig kun aftalt en tre måneders prøveperiode lige som Gretes egen på Aarhus Teater. Lige som de tre måneder, hun og Jens Peter i første omgang havde aftalt at bo sammen, før nogen af dem brændte broerne til deres gamle liv.

Glas og det meste af en flaske champagne stod tilbage efter Juliet, men tilbuddet fristede lige så lidt som Jens Peters forslag om at opsøge Løndals på Café Hack. Meget ville hun gøre for et godt naboskab, men ikke forlade teatret midt i efterforskningen af det frygtelige drab.

Rundtom i bygningen fornemmede hun politiets aktivitet. Regien summede af liv, og kun i frisørlokalet var der tavst – stedet, hvor snakken normalt vel plejede at gå, tænkte hun, også her på teatret. Hvor nyheder gik hånd i hånd med rygter. Men det krævede selvfølgelig kunder, og dem manglede hun endnu at møde.

Før tomheden begyndte at gå hende på, kom Ulla heldigvis tilbage. "Jeg håber, din kæreste hurtigt får skovlen under gerningsmanden."

"Tror du, Rikke havde ret i det om Walter Richard?" spurgte Grete.

Ulla lod sig dumpe ned i en af frisørstolene. "Hun er ømskindet på Juliets vegne, og hun var i forvejen opkørt, fordi det var hendes sidste arbejdsdag."

"Jeg er glad for, hun i det mindste selv har sagt op. Ellers ville jeg føle mig som en grib, at stjæle hendes job."

"Jo …"

Ullas tone antydede, at sandheden måske var lidt mere kompleks end som så, men før Grete kunne spørge nærmere ind til sin forgængers exit, kom tre unge kvinder ind fra gangen. Tre af statisterne, der stadig var sminkede efter forestillingen og hviskede højlydt sammen.

"Slap politiet jer omsider fri?" spurgte Ulla.

"De spurgte, om vi havde lagt mærke til noget usædvanligt henne fra værkstedet i aften," sagde den mørkhårede.

"Havde I så det?"

"Ja, hvad blev Richard ved med at luske rundt for?" sagde den lyshårede. "Når nu Bente Lyngby havde suspenderet ham."

"Rikke mener, at hun stadig holder hånden over ham," sagde den rødhårede.

"Hvad blev han egentlig suspenderet for?" spurgte Grete.

"Han er bare så klam."

”Hvordan klam?”

De kiggede på hinanden.

”Det er Grete, vores nye frisør,” brød Ulla ind. ”Og det er Iben, Dy og Victoria.”

”Hvor hyggeligt at møde mine første kunder.” Grete viede dem hver især et øjebliks opmærksomhed: ”Iben er mørk, Dy er blond, og Victoria …”

”Hvor er Rikke?” afbrød Victoria.

”Hun gik hjem.” Grete opgav sin lette tone. Timingen for en afvæbnende smalltalk var selvfølgelig også ad Pommern til på en aften, hvor skuespillerne havde mistet en god kollega.

Hun burde have kondoleret, men straks efter var chancen forspildt.

”Rikke var den bedste,” sagde Iben.

Det var så ikke lige den velkomst, man ønskede sig, men én skulle jo få relationen til at glide. Grete bed sin sårede stolthed i sig og gjorde en indbydende bevægelse til sminkebordet. ”Hende kan jeg desværre ikke skaffe tilbage, men jeg vil gerne hjælpe jer af med sminken.”

De tre veninder stak hovederne sammen. Resultatet var et høfligt nej tak. ”Det er sødt af dig, men vi klarer os selv.”

På vej ud smilede de endda, men deres venlighed imponerede ikke Grete. ”Jeg burde vist også have været mere nænsom,” bebrejdede hun sig, da deres fodtrin klang ud.

”Det er lidt af et minefelt for os gamle.” Ulla gnubbede hendes arm. ”Men det skal nok gå. Bare du lader være med at stille for mange spørgsmål. Boomer!”

*

Signe lød skrap. "Ikke for noget, men jeg kan altså godt passe på mig selv."

Jensen blev stående midt på teatrets mørke baggang. Bemærkningen havde ramt ham på den forkerte fod. "Det er jeg sikker på, du kan."

"Også mod Walter Richard."

"Nå, sådan." Han forstod. Det havde været en instinktiv gestus, da han lagde en arm om hende, dengang instruktøren havde turet frem om den rette kropsholdning i en duel på livet. I den bedste mening, men hensigten var åbenbart faldet til jorden. "Undskyld, hvis jeg ... gjorde noget forkert."

"Okay." Hun fortsatte hen ad gangen, og han fulgte, fra Studio scene tilbage regien, hvor det i mellemtiden var tyndet ud blandt skuespillerne.

Jesper, der stod med en notesblok, fik øje på dem. "Ingen af dem, jeg lod gå, havde set Louise før forestillingen," sagde han. "Hvis du vil tale med dem, dukker de op igen i morgen."

"Er du stødt på en Mortimer Hessel?"

Dracula-karakteren kom over til dem. "Hører jeg mit navn?"

"Vi vil gerne veksle et par ord med dig," sagde Jensen. "Under seks øjne."

"Vi kan sætte os ned i salen."

Det store lys var slukket nu. Kun skiltene over udgangene lyste op som kulørte pletter i mørket. Balkonerne på første sal skilte sig ud som klippefremspring.

"På første række?" foreslog Jensen, og de satte sig på de klassiske plyssæder.

Sammenlignet med den geskæftige Richard virkede Mortimer Hessel velgørende afdæmpet. "Louise." Han sukkede. "Jeg kan slet ikke fatte det."

"Walter Richard siger, du talte med hende, efter at han var gået?"

"Det er rigtigt. Han gik, da jeg kom." På scenen havde Mortimer Hessel været et frygtindgydende syn som Dracula. I det fritidstøj, han i mellemtiden havde skiftet til, lignede han en almindelig velholdt mand omkring de fyrre – ved første blik. Han var slank og havde kort lyst hår, som ville have skjult ham i enhver forsamling. Kun øjnene skilte ham ud. Selv i halvmørket var de lyse, vågne.

Helt naturligt plejede Jensen altid at iagttage vidnernes ubevidste signaler. Små manerer, der måtte afsløre en usandhed eller en fortielse. Et blik til siden eller måden, vidnet kløede næsen på, kunne fortælle mere end tusind ord.

I dette tilfælde følte han sig selv iagttaget. Da han kløede sin egen næse, kopierede Mortimer bevægelsen.

"Undskyld. Det var ikke for at efterabe dig." Skuespilleren opdagede vist Jensens forundring. "Og dog. Måske er det en erhvervsskade, du ved: at lagre folks vaner i mit bevægeapparat, så jeg kan bruge dem på scenen."

"Hvis du engang skal spille en politimand?"

”Eller bare en mand, der tænker sig om.”

”Hvad talte du med Louise om?” spurgte Jensen.

”Stykket. Vi lavede nogle vejrtrækningsøvelser og fandt melodien sammen, så at sige, inden vi skulle op på scenen.”

”Talte I om Richard?”

”Selvfølgelig gjorde vi det. Hun var chokeret over hans suspendering, og det kunne jeg godt forstå. Hun svingede godt med ham. Det gjorde jeg for så vidt også – da vi først havde slebet kanterne af hinanden. Han kom jo lidt ind fra sidelinjen, da Bente hyrede ham, men han er dygtig, det må man lade ham.”

”Virkede hun nervøs?”

”For at optræde? Jaeh …. Men på den gode måde. Hun var en fantastisk skuespiller. Hun kunne være nået langt.”

”Jeg mente, om hun var bange for sit liv,” sagde Jensen.

”Tværtimod. Hun var opsat på at give den hele armen på scenen.” Mortimer Hessel rystede på hovedet. ”Måske kan Asger fortælle jer noget.”

”Hvem er Asger?”

”Hendes kæreste. Han kom, da jeg gik.”

”Har du set mere til ham siden?”

”Han var der da lige før.”

*

De gik op på scenen ad den lille trappe i siden og følte sig frem til en åbning i tæppet. Kulisserne fra slutscenen stod stadig fremme. Flere kulisser var firet op i et komplekst hejseværk, hvor de hang klar til brug. Til at blive sænket ned i en håndevending på samme måde, som Jensen huskede landkortene bag ved lærernes pult i sin barndoms klasseværelse – bare i en meget større målestok.

Projektørerne, der sigtede ned på scenen, var slukkede. Også her brændte der kun en slags nødbelysning.

Oven på mørket følte han sig helt blændet af lysstofrørene, da de gik ned i regien. Asger var der stadig. En lidt ranglet mand i tyverne, der åbenbart ikke hørte rigtigt til blandt teaterpersonalet. Han havde siddet for sig selv, med hovedet i hænderne på et arbejdsbord under den store fladskærm.

"Det er mig." Han kom hen til Jensen og Signe, da Mortimer Hessel udpegede ham for dem.

"Du er Louises kæreste?"

Han rystede på hovedet. "Ikke længere."

"Nej." Det havde også været en kluntet indledning. "Jeg kondolerer," sagde Jensen. Det var det mindste, han kunne gøre over for en ung mand med røde øjne. "Måske kan du hjælpe os med at opklare, hvad der skete."

Asger sendte et forsigtigt blik rundt i rummet, åbenbart utryg ved de blikke, der hele tiden holdt øje med ham.

"Vi går et andet sted hen." Jensen tog ham ved albuen, og Asger fulgte villigt med.

"Er du også skuespiller?" spurgte Jensen, da de havde sat sig ned i den store sal igen, på første række som før, men denne gang med Asger i midten.

Mørket reducerede stukenglene over scenen til grå

skygger. Asger sad der også kun som en skygge af en mand. "Jeg er skuespiller, men ikke her på teatret. Jeg har fået et år på Filuren."

"Børneteatret i Musikhuset?" Jensen havde været der med sine børnebørn et par gange.

"Ja."

"Men I aften fulgte du Louise på arbejde?"

"Hun var flyttet ind hos Juliet for nylig." Asger rykkede uroligt frem og tilbage på sin stol. "Det havde ikke været så godt mellem os i en tid."

"På hvilken måde?"

"Vi havde bare haft så travlt med hver sit job i lang tid. Hun med sin store rolle …"

Jensen fangede undertonen. "Var du jaloux?"

"Jaloux?" Han lød forskrækket.

"På hendes succes?"

"Nå, den."

"Hvad troede du, jeg mente?"

"Jeg ville aldrig have krummet et hår på Louises hoved. Aldrig."

"Det er der ingen, der påstår."

Asger lød halvkvalt. "Ham Richard kunne jeg godt have fundet på at pande én, men jeg ville da aldrig myrde Louise."

Til Jensens overraskelse lagde Signe en hånd på hans hånd fra den anden side.

"I øvrigt fik vi ikke lang tid sammen, før ham Samuelsen sparkede mig ud," sagde Asger.

"*Sparkede*?" På overfladen havde det slipseklædte jakkesæt gjort et kultiveret indtryk på Jensen i baren.

Travlt, men høfligt.

”Han sagde, han havde vigtigere ting at snakke med Louise om end jeg.”

Kapitel 4

En af dørene ud til foyeren gik op, og en firkant af lys strømmede ind i salen. Jensen nåede at genkende konturerne af en politiuniform. Så blev han blændet af lysstrålen fra en lommelygte.

"Hvad laver I her?" spurgte en kvinde, brysk før hun åbenbart genkendte Jensen. "Nå, er det dig."

"Vi taler med et vidne," sagde han. "Men jeg tror egentlig, vi var færdige. Medmindre du har flere spørgsmål, Signe?"

Hun rystede på hovedet.

"Må jeg så gå nu?" spurgte Asger.

"Det må du, og du skal have tak." Jensen rejste sig, og de lod ham slippe ud på sidegangen. "Jeg ved, det må være ubærligt for dig, men vi skal gøre vores bedste for at finde ham, der gjorde det."

Bagefter fornemmede han Signes blik fra siden. Som den mest erfarne var han kommet til at føre ordet. Hen over hendes hoved måske. "Hvad skal vi mene om sagen?"

"Er det ikke som et spil Sorteper?" spurgte hun. "Hver gang, vi taler med nogen, der mødtes med Louise, giver de Sorteper videre til en, som har talt med hende efter dem."

"God pointe." På en måde var han også begyndt at føle sig som en stikirenddreng, der blev sendt fra kunde til kunde. På den anden side kom man ingen vegne uden at snakke med folk. "Skal vi se, om Sorteper bliver liggende hos ham Samuelsen?"

"Eller dækker de bare over hinanden?" sagde hun. "Til

vi opgiver at finde hoved og hale i rækkefølgen.”

”En konspiration?”

”Det er ikke noget at grine ad.”

Han grinede heller ikke. Hvis han smilede, skyldtes det hendes ungdommelige iver. Signe gik til jobbet med en sund portion skepsis. ”Du skal nok blive en god efterforsker.”

”Det håber jeg da allerede, jeg er.”

”Det var også det, jeg mente.”

”Se det her støvede sted.” Signe bankede på den nærmeste plysbetrukne stoleryg. ”Hvis kulturen er lige så støvet, kan jeg godt forstå, at Rikke Hviid vil have sin datter væk herfra.”

Plysset virkede nu meget rent, syntes han, men ville nødig selv lyde for støvet. ”Vi må nok tale med Samuelsen under alle omstændigheder.”

Jensen spolede tilbage til det korte glimt, han havde fået af rådmanden, da Sigurd Petersen prøvede på at interviewe ham. Før pausen havde Samuelsen siddet ved siden af teaterchefen i publikum, men bagefter var hans plads forblevet tom. ”Måske ved Bente Lyngby, hvor vi kan finde ham.”

Hvis de ellers kunne finde hende.

Kun et fåtal af teaterpersonalet ventede længere på at blive registreret i regien. De tomme champagneglas og flasker fra den tidligere komsammen lignede levn fra en fest, som aldrig var kommet i gang.

”Pyh!” sukkede Jesper. ”Så er vi snart i mål.”

”Har det været en drøj omgang?” spurgte Jensen.

Jesper viste ham en liste med navne og telefonnumre.

"Flere af dem så Louise tidligt på aftenen. Flere af dem var sikre på, at hun mødtes med Walter Richard, men ingen havde selv talt med hende. Da hun blev væk, troede de, hun var blevet syg og gået hjem."

"På grund af den falske sms."

"Bortset fra, at nogen mente, hun var skredet i solidaritet med instruktøren," sagde Jesper. "Instruktøren, som var blevet suspenderet, som du måske ved, så diskussionen blev hurtigt, om forestillingen overhovedet skulle gennemføres eller aflyses. Indtil teaterchefen åbenbart slog i bordet og gav Juliet Hviid hovedrollen."

"Bente Lyngby, ja. Det er faktisk hende, jeg leder efter."

"Jeg så hende gå forbi ude på gangen." En hæs kvinde i trediverne kom hen til dem. Kraftig, med slaviske kindben.

"Ude på gangen?" Jensens blik fulgte hendes udstrakte pegefinger.

"Prøv hos frisørerne. Hvis en anden én til gengæld snart kunne få lov til at gå hjem."

"Det tager desværre sin tid at være grundig," forklarede Jesper.

"Det tør siges."

Han satte sin kuglepen til papiret. "Skal vi starte med dit navn?"

"Amanda Lefevre. Jeg er skuespiller, og jeg var på scenen i aften. Og nej, jeg vidste ikke, hvad der var sket med Louise. Det vil du måske fortælle mig om?"

Jensen lod Jesper om at notere svaret, takkede Amanda for tippet og fortsatte jagten på teaterchefen sammen med Signe.

Først mødte han dog Grete uden for sminken og måtte smile. Selvfølgelig var hun ikke gået over på Café Hack som aftalt.

"Så nemt slipper du altså ikke af med mig," sagde hun.

Andet ville også have overrasket ham. "Det blev desværre ikke helt den aften, vi havde planlagt."

"Fik I en tilståelse ud af Richard?"

Han rystede på hovedet. "Hvad med Løndals?"

Grete flashede sin telefon. "Jeg har lige betalt Café Hack på MobilePay."

"Hvad skylder jeg dig?"

"Anmodningen er sendt." Hun gav ham et skævt smil. "Det sværeste var at få dem ud af røret, fordi de kunne se, at dine kolleger bevogtede indgangene, og skulle høre, hvad det handlede om."

"Åh, mand!" Det var Hans Løndal i en nøddeskal, den selvbestaltede lommedetektiv.

"Jeg gav dem en sludder for en sladder og foreslog dem ikke at vente på os."

"Tak."

"Tjeneren tilbød, at vi kunne komme ind og få rester, hvis det ikke blev for sent."

Jensen havde bare på fornemmelsen, at det ville blive for sent. "Vi mangler at tale med Bente Lyngby."

"Hun ledte selv efter dig, så jeg foreslog hende at holde sig i nærheden. Jeg sagde, uanset hvor travlt Jens Peter har, vender han altid tilbage til mig.

"Optimist." Han forsøgte at spille kostbar, men Grete havde ret. Han ville altid vende tilbage til hende.

*

Bente Lyngby stod lænet op ad sminkebordet under frisørspejlene, stilfuld i hvid bluse og jakkesæt og med det mørke hår perfekt sat. På mange måder var hun den samme elegante kvinde, Jensen havde set blandt publikum før forestillingen. Men ikke på alle måder, selv om det tog ham et sekund at rubricere forskellen.

Teatersalen var et offentligt sted, og tilsvarende selvbevidst havde teaterchefen bevæget sig dér. Nu i frisørlokalet afslørede de fraværende bevægelser, som hun åbnede og lukkede en bøtte hårbalsam med, at hun stod i private tanker.

Bevægelserne standsede, da Grete skubbede Jensen frem. ”Se, hvad jeg sagde. Her er han.”

”Jens Peter Jensen?” Bente Lyngby stillede bøtten tilbage på bordet. Hendes offentlige persona overtog igen. Den ranke ryg fik en tand til. Hun smilede. ”Hvor passende, at Grete er kærester med en politimand.”

”Det må have været en frygtelig aften for dig,” sagde Jensen.

”Louise var den mest livskraftige unge kvinde.” Teaterchefens finger løb langs mascaraen. Han havde læst om hendes alder et sted, men hun så yngre ud, selv i det kunstige lys. ”Hvordan kunne det ske?”

Tiden ville give svaret, håbede han. ”Det har været en travl dag på teatret?”

”Premieredag.” Hun pustede ud.

”Du suspenderede Walter Richard?”

”Jeg fik en klage, som jeg var nødt til at reagere på.”

”Den må have været alvorlig.”

”Det er alvorligt at få klager.”

”På grund af samarbejdsvanskeligheder, forstår jeg. Hvad slags?”

”Ingen, der vil føre til en politianmeldelse.” Hun så ham lige ind i øjnene. ”Hvis jeg troede, at drabet havde med klagen at gøre, ville jeg fortælle dig om det. Siden jeg ikke tror det, foretrækker jeg først at konferere med vores advokat.”

”Okay,” sagde Jensen foreløbig. ”Så lad os tale om i aften. Vi ved, at hun mødte tidligt og mødtes med flere af sine kolleger. Og med sin kæreste, Asger. Han siger, at en Samuelsen bad ham gå for at få et ord med Louise under fire øjne.”

”Fortalte Asger også, at jeg bad Samuelsen lade hende være i fred?”

”Nej.”

”Samuelsen samlede skyts i forbindelse med klagen. På bestyrelsens vegne, men vi har vores officielle kommunikationsveje. Skuespillerne forventes ikke at henvende sig til bestyrelsen, og det er gensidigt. Ikke mindst på en premiereaften. Der var ingen grund for ham til at forstyrre vores skuespillere inden forestillingen.”

”Det sagde du til ham?”

”I høflige vendinger, ja.”

Ud fra deres kropssprog at dømme havde de ’høflige vendinger’ varet ved, da de senere satte sig på deres pladser til forestillingen, huskede Jensen.

"Det afgørende lige nu er, hvem der sidst så Louise i live," sagde han.

"Fordi den sidste, der så hende, må være gerningsmanden?" En lille trækning gik gennem Bente Lyngbys øjne. "Louise var i live, da jeg ønskede knæk og bræk med i aften. Hvem hun mere har set, ved jeg ikke."

"Hvad var klokken?"

Hun trak på skuldrene. "Lidt over seks, deromkring? Men hvis du spørger om vidner, må jeg melde pas."

"Hvor var det henne?"

"Lige her uden for frisørerne. Der var endnu ikke så meget liv på gangene. Jeg havde en anden samtale på bedding, så jeg gik op på mit kontor. Hvor jeg sad, til jeg fik hendes sms med sygemeldingen."

Hun viste ham Louises sms på sin telefon. Den samme sms, Jensen allerede kendte fra Louises mobil. "Jeg var overrasket, fordi hun ikke havde virket syg overhovedet. Jeg ringede, men hun svarede ikke, så jeg bad Gerhard om at tage hjem til hende for at høre, om vi kunne hjælpe."

"Hvem er Gerhard?"

"Vores assisterende instruktør." Bente Lyngbys øjne blev mørke. "Mens hun i virkeligheden lå død i værkstedet?"

*

"En sidste ting," sagde Jensen. "Ved du, hvor jeg kan finde Samuelsen henne?"

"Måske på rådhuset." Tine Lyngby trak det ene øjenbryn op. "Jeg tror ikke, de er lykkelige for Richards suspendering deroppe."

"Fordi borgmesteren havde brugt hans engagement som en fjer i sin egen hat?"

Hun imiterede et politikersvar. "Ingen kommentar."

"Har du Samuelsens nummer?"

Hun læste nummeret op fra sin telefon. "Hvis du har flere spørgsmål, kan du finde mig på mit kontor alle dage."

"Tak. Du vil sikkert også høre fra mine kolleger."

"I skal få al den hjælp, vi kan give." Bente Lyngby henvendte sig til Grete. "Jeg håber ikke, du har fået et forkert indtryk af teatret. Ulla har virkelig talt varmt om dig, og jeg er glad for at have dig med på holdet."

"Jeg skal nok finde min plads." Trods den sene time så Grete stadig frisk ud.

De smilede til hinanden.

"Vi ses i morgen så."

Teaterchefen gik sin vej, og Jensen ringede det nummer op, som hun havde givet ham – men traf kun en telefonsvarer. "Mit navn er Jensen," indtalte han. "Fra Østjyllands Politi. Vi vil gerne tale med dig."

Grete fulgtes med ham og Signe tilbage til værkstedet. Polititeknikerne var i mellemtiden ankommet og i fuldt sving med deres arbejde. Jensen kendte teknikernes leder, Thomas, fra tidligere sager.

Da han stak hovedet ind ad døren, lå Thomas på gulvet på alle fire, i færd med at tage prøver af blodpletterne.

”Jensen,” sagde han uden at se op. ”Kan man overhovedet slippe dig nogen steder hen, uden at du finder et lig?”

”Det var blodet, der fik os på sporet.”

”Hvis vi er heldige, har gerningsmanden også blødt.” Thomas kørte sit ærme hen over panden. ”Selv om det kan blive svært at skille hans blod ud fra offerets.”

Blodet på Louises bluse havde været lidt fugtigt, da Jensen så hende første gang. I mellemtiden var det størknet. Hun lå stadig på gulvet ved siden af det aflukke, hvor gerningsmanden havde skjult hende, men heldigvis med et lagen over ansigtet nu.

Sværdet stak stadig op ad hendes bryst. Et teatersværd. En rekvisit, men brugbar nok, desværre.

Håndtaget lignede messing. ”Hvis der er fingeraftryk på, burde de ikke være svære at identificere?”

”Oddsene er ikke de bedste.” Thomas rejste sig op fra gulvet. ”Hvis der var nogen, burde man kunne se dem med det blotte øje på den blanke baggrund. Men ja, vi skal gøre vores bedste. Jeg talte lige med Halsnæs om det.”

Halsnæs, der havde stået og skrevet på sin iPad henne ved høvlebænken, så op fra sit arbejde. ”Thomas og jeg er ikke helt enige om, hvem der skal have sværdet.”

”Halsnæs vil have det med til obduktionen, før jeg får det,” sagde Thomas.

”Hvis jeg skal kortlægge hendes død, vil det være en fordel for mig at lade sværdet sidde, til vi har hende på obduktionsbordet.” Halsnæs kunne være meget nøjeregnende.

”Vil du køre hende på Retsmedicinsk med et sværd i

brystkassen?" spurgte Jensen.

"Netop. Du kan alligevel ikke undgå, det flytter sig under transporten," sagde Thomas.

Den diskussion måtte de selv tage. Jensen vendte sig om til Grete, der havde holdt sig i baggrunden. "Er du kendt omme bag kulisserne?"

"Ikke i detaljer," sagde hun.

"Tilstrækkelig til at stå mig bi?" Han trak hende med ind i værkstedet og rundt om høvlebænken.

"Hey! Hvad laver I?" Thomas opgav sin diskussion med Halsnæs. "I skal have beskyttelsestøj på."

"Grete arbejder her på teatret," sagde Jensen, som om det gjorde en forskel.

Han havde opdaget en dør mere, i værkstedets modsatte side, halvvejs gemt bag et slidt garderobeskab. Døren stod på klem. Han åbnede den med foden og kom ud på en smal gang, der førte længere ind i teatrets katakomber.

Loftslamperne var ikke verdens mest effektive, da han endelig fandt en kontakt, men de opfyldte deres formål. "Hvor fører gangen hen?"

"Tror du, at gerningsmanden kom ind fra siden?" spurgte Grete.

Gerningsmanden kunne både være kommet og gået ad sidegangen. Her og der kiggede de ind i de tilstødende rum undervejs. Opbevaringsrum, små værksteder, en slags garderobe. Ingen gemte sig der, selvfølgelig. Det musikrum, som de endte i, var også ubemandet. Instrumenterne, der stod fremme, mindede om et lydstudie eller et øvelokale: forstærkere, guitarer, keyboard og trommer.

En mikserpult. Rummet lå i udkanten af den store scene, vis-a-vis regien.

De var gået i en slags halvcirkel uden at støde på en sjæl undervejs, og det samme kunne gerningsmanden have gjort.

*

Da de kom tilbage til gerningsstedet, var to reddere i heldragter gået i gang med at lægge liget op på en båre. Et tæppe lå spredt fladt ud over Louises krop. Thomas havde åbenbart vundet den groteske strid med Halsnæs. Drabsvåbenet skulle ikke med til obduktionen. Sværdet lå på høvlebænken, pakket ind i en aflang plasticpose til bevismateriale.

Halsnæs opdagede Jensen og trak på skuldrene. Han klappede sin kuffert sammen og fulgtes med redderne ud mod bagdøren. Jensen og Grete sluttede sig til ham. Der lå afdækningspapir på gangene nu. Teknikerne gjorde deres bedste for at holde mulige spor efter gerningsmanden fri af snavs. Muligvis lidt for sent. Aftenen igennem havde mange fødder gået her, tænkte Jensen. Blandt andet hans egne, måtte han indrømme, fra dengang han åbnede bagindgangen for kollegerne.

Nu stod der en ambulance klar til at modtage båren. Dens blå lygter blinkede op og ned ad Skolegade, der i mellemtiden var blevet afspærret, så de to politifolk, der holdt vagt, ikke havde meget at lave. Der var i det hele taget blevet stille i byen.

”Vi tales ved.” Mens redderne skubbede båren op i ambulancen, sagde Halsnæs godnat og gik hen til sin bil.

Jensen og Grete blev stående lidt, i den blide nat, indtil ambulancen kørte sin vej.

”Hvad tænker du på?” spurgte Grete.

”På rygerne, der stod her, dengang vi kom gående nede fra åen sammen med Løndals. Om de så nogen komme eller gå, der ikke hørte til på teatret.”

”Gerningsmanden?”

Det var nok usandsynligt. På det tidspunkt havde Louise formentlig været død i mindst en halv time, skønt man aldrig kunne vide, hvad der spillede ind af tilfældigheder.

Afhøringerne ville forhåbentlig gøre dem klogere, men alting til sin tid. Han kiggede ned ad sit jakkesæt og slips og på Grete i hendes røde kjole, der havde fået en mørk plet ved halsen efter Juliets teatersminke. Meningen havde været at nyde en aften i teatret, ikke at kaste sig ud i en drabsefterforskning, og lige nu var han vist nået så langt, som det rimeligt kunne forventes af en politimand i hans fritid.

”Skal vi sige godnat til kollegerne og kalde det en dag?”

Grete gav hans hånd et klem. ”Jeg troede aldrig, du ville spørge.”

I første omgang sagde han godnat til den nærmeste uniformerede kollega. ”Hvis vi låser efter os, behøver du egentlig ikke stå og spilde din tid herude.”

En kile på gulvet havde holdt bagdøren åben, så redderne kunne komme ud med deres båre. Jensen sparkede

kilen væk, og den automatiske lukkemekanisme skub-
bede døren i, men låsen måtte være rusten. Den bloke-
rede.

Han trykkede ned i håndtaget for at hjælpe til. Og
studsede. ”Hvad er det for en plet her?”

Grete tog sig til munden. ”Det ligner størknet blod.”

Kapitel 5

"Du har ret," sagde Thomas, teknikeren, da Jensen viste ham sit nye fund. "Det er blod på håndtaget."

"Beklager, at jeg først lægger mærke til det nu," sagde Jensen. Han burde have været mere vågen første gang, han gik ud ad døren. "Jeg håber ikke, jeg har ødelagt for mange spor."

"*Shit happens.*" Thomas trak en plasticpose hen over håndtaget uden videre kommentar.

"Bare de nu ikke synes, jeg er blevet for gammel til jobbet," hviskede Jensen alligevel til Grete.

Hans kinder var stadig varme, da de fandt hans kolleger på værkstedet, hvor Lars Henning stod og undersøgte den tomme skede efter drabsvåbenet.

"Gerningsmanden havde sværdet lige ved hånden," sagde Lars Henning.

"Og der er flere sværd, hvor det kom fra," sagde Jesper med en armbevægelse ned ad gangen.

"Nu skal du ikke male fanden på væggen," sagde Lars Henning.

"Signe har fortalt mig om jeres afhøringer. Instruktøren lyder som en kontroversiel person?" spurgte han Jensen.

"Det er nok en af flere vinkel, vi må følge op på."

"Hvad har du ellers af vinkler?"

Kærestesorg? Rivalisering mellem skuespillerne? En konflikt fra Luises privatliv, der slet ingenting havde med teatret at gøre? En misforståelse? "Det er vist for tidligt at sige. Hvis vi er heldige, var det gerningsmandens eget blod vi fandt på dørhåndtaget lige før."

”Håbet er lysegrønt.”

”Vi bør tale med vagttjenesten om, hvem der kan være flygtet ud ad bagdøren.”

”Det har jeg gjort, men de holdt fortrinsvist øje med hovedindgangen, hvor alle kendisserne skulle komme.”

”Der må være optagelser fra overvågningskameraet.”

”Sjovt nok ikke.” Lars Henning rystede på hovedet. ”Der var et lokalt strømsvigt klokken 18.21. En af sikringerne må være sprunget.”

”Samtidig med drabet?”

”Et meget ’uheldigt’ sammentræf.” Lars Henning satte imaginære anførselstegn op om ’uheldigt’ med pegefingrene.

”Men heldigt for en gerningsmand på flugt.”

”Hvis det var ham, der udløste strømsvigtet, må elektrikerne kunne fortælle os nærmere i morgen.”

I morgen var allerede begyndt. Jensen så på sit ur. De stod lidt og gav aftenen lov til at bundfælde sig, før de sagde godnat. Lars Henning havde en familie at tage hjem til. Jesper havde en kæreste.

Signe stod lidt for sig selv. Det kom ikke ham ved, om hun havde mand eller kæreste eller familie, vidste Jensen godt, men han vidste også fra sin egen erfaring, hvor stærke aftryk ens første drabssag efterlod. Mere end tredive år senere huskede han sit første offer, en mand, der var blevet skudt i værtshusmiljøet.

”Er du okay?” spurgte han hende.

”Jada.”

”Grete og jeg kører hjem om lidt. Kan vi give dig et lift?”

”Nej tak.”

*

Deres overtøj hang lidt ensomt i garderoben, omgivet af de få huer og jakker, som andre tilskuere havde glemt efter forestillingen. Jensen tog sin frakke på og hjalp Grete med hendes, under det mistænksomme blik fra en ung kollega i uniform, der holdt vagt ved hovedindgangen.

”Jeg arbejder sammen med Lars Henning.” Jensen viste ham sit ID. Mest som en symbolsk gestus, men til hans overraskelse nærlæste kollegaen kortet, som om han formodede et falskneri.

”Der er efterhånden så mange unge, at man kan føle sig helt fremmed,” hviskede han til Grete uden for hovedindgangen.

Den røde løber var blevet rullet sammen. De gik hen over brostenene og ned ad trappen til Bispetorv, hvor Grete vendte sig om efter teatret.

”Det ser så fredeligt ud i den belysning.”

Man kunne dårligt forestille sig den blodige forbrydelse, der var sket. Jensen vidste, hvad hun mente. Teatret var et kunstværk i sig selv, massivt bygget i sten og rigt forsiret med mønstre og figurer.

En altan strakte sig hen over indgangspartiet. Høje vinduer spejlede Domkirkens spir, og slanke piller bar en pyntelig gavl med en teaterscene fra Holbergs tid. Selv djævlen, der rakte tunge oppe fra taget, virkede mere drilsk end truende.

Fredeligt så det ud, men så alligevel. Først nu, i skæret fra lygterne, kom nogle af facadens relieffer til live som fabeldyr og fantasifigurer. Der skulle ikke megen fantasi til at læse mere eller mindre uhyggelige træk ind i skyggerne.

Han pegede. "Kan du se de to teatermasker?"

De sad øverst i hvert sit hjørne af facaden.

"Som regel er det altid en glad og en trist maske, der symboliserer 'teater'," sagde han. "Komedie og tragedie. Men her i Aarhus er den ene ked af det, og den anden er vred."

"Meget apropos."

"Jeg håber, du bliver glad for at arbejde her alligevel."

"Tror du, at en af mine kommende kolleger dræbte Louise?"

"Tanken er nærliggende."

"Har du tænkt over, hvor mange tilskuere, der var til forestillingen i aften?"

Et sted havde Jensen læst om Store scenes kapacitet. "Syv hundrede?" En stor mundfuld, hvis de alle skulle afhøres. Men dertil ville det forhåbentlig ikke komme. "Drabet blev begået mere end en time før forestillingen. De færreste af dem kan have været i huset på det tidspunkt."

"Ellers får I jeres sag for." Hun trøstede ham med et knus.

Oven på de trange baglokaler føltes det godt at stå under åben himmel. Et sted i det fjerne slog rådhusklokken. Straks efter svarede klokken i domkirkens høje tårn.

Han fandt en sms fra Hans Løndal på sin telefon: 'Tænk ikke på os. Vi tager en taxa hjem' – og kiggede over til Café Hack. "Det er vist for sent at bede dem om den natmad, de lovede at holde til os." Nu var der lukket og slukket.

"Er der andre steder, vi kan gå hen?" Grete så ud over Bispetorv, og han fulgte hendes blik.

Domkirken dominerede den ene langside. Langs to af de andre sider lå der etageejendomme fra en svunden tid, med kontorer eller lejligheder i de øverste etager og butikker i stueetagen. Samt enkelte beværtninger, hvor lyset endnu brændte.

Aarhus by night var ikke så død, som onde tunger gerne ville gøre den til, men en civiliseret natmad kunne blive svær at finde.

Et neonskilt med en grøn firkløver hang over The Old Irish Pub. "Vi kunne starte med en Guinness. Hvis det var noget?"

"Jae … Hvis de har fish and chips til?"

De gik hen ad Kannikegades rækker af parkerede cykler. Fodtrin genlød fra den lave mur mellem torvet og gaden. Både deres egne fodtrin og et ekko, der fulgte med, bare ude af takt. Jensen blev stående, for at kysse Grete på skrømt og for samtidig at scanne fortovet bag ved hende, men opdagede ingen mistænkelig skygge. Ekkoet var forsvundet. Indtil han tog Grete under armen, og de fortsatte, og lyden fulgte efter dem igen.

Varm luft strømmede ud, da han skubbede døren op til en vennesæl atmosfære af snak og folkemusik fra højtalerne. Der var ingen fish and chips, beklagede den unge bartender, men der var kartoffelchips til deres Guinness.

”To pints?” spurgte hun.

”Bare en halv til mig,” sagde Grete.

Jensen fandt et ledigt bord i baggrunden, hvorfra han kunne holde øje med både indgangen og de andre gæster. Gamle vaner fornægtede sig ikke, når man havde været politimand hele sit voksne liv. ”Det er næsten synd for Løndals, de ikke kan være med.”

”Hykler.”

”Du har ret. Sláinte!” Han skålede. ”Jeg nyder at sidde her med dig alene.”

På teatret havde han fortrinsvist ladet vidnerne tale for at danne sig et første indtryk. Hvilket på sin vis krævede mere opmærksomhed end at presse dem. Man skulle være lydhør for at fange mellemtonerne i en uformel snak, have antennerne ude.

Det voldsomme dødsfald havde forståeligt nok rystet mange. Det havde også rystet Grete, kunne han se. Aftenen igennem havde hun ikke ladet sig mærke med det. Nu viste bekymringen sig i hendes ansigt.

Han tog hendes hånd hen over bordet. ”Klarer du dig?”

”Jeg tænker på stakkels Louise. Jeg nåede kun at tale en enkelt gang med hende, ganske kort, men jeg kunne godt genkende Bentes beskrivelse. Hun virkede så hjælpsom og så livsglad.”

Han forstod Gretes tristhed. Og vreden, der også spillede med. Intet motiv kunne retfærdiggøre det blodige punktum, gerningsmanden havde sat for Louises unge liv.

”Lad mig så høre, hvem du mistænker,” sagde Grete.

*

Jukeboxen spillede irsk folkemusik. Pubbens grøn-hvide interiør spillede på alle irske klichéer. Sikkert mere, end de fleste pubber i Irland ville ulejlige sig med, tænkte Jensen, men det var ikke indretningen, der fik ham til at smile. ”Tak for komplimenten, hvis du tror, jeg allerede har udpeget gerningsmanden.”

”Lad være med at spille så kostbar.”

Han rystede på hovedet. ”Måske har vi slet ikke mødt ham endnu.”

”Eller hende?”

”Har du en bestemt kvinde i kikkerten?”

”Jeg går bare generelt ind for ligestilling. Hvorfor skal det altid være mænd, der begår drab?”

”Jeg er ikke sikker på, dine feministveninder ville bakke dig op på det punkt.”

”Hen må være stedkendt,” sagde hun kønsneutralt. ”Hen vidste, hvor hen kunne finde Louise henne, og hvor der lige hang et sværd klar til brug.”

Jensen var enig. ”Men hvorfor valgte han teatret som gerningssted? Ville det ikke have været mindre risikabelt at overfalde Louise derhjemme eller på en joggingtur eller i en mørk gyde i byen eller et andet ubevogtet sted, hvorfra man kunne flygte uden først at skulle slå et overvågningskamera fra?”

”Enig. Det tyder på et spontant drab,” sagde Grete.

”Udløst af hvad?”

”Sidste udkald, før hun ville hænge Richard ud i Stiften?”

”Ifølge Trine Holm var det ikke Louise, der havde klaget over ham. Ifølge ham selv var de ligefrem pot og pande,” sagde Jensen.

”Tre af hendes unge kolleger kaldte ham for klam.”

”Det var bare ikke ham, der blev dræbt.”

Grete nippede til sin halve pint. ”Louise var populær. Alle kunne lide hende.”

”Alle bortset fra én,” sagde Jensen, men en pludselig larm overdøvede ham fra højtalerne.

Musikken havde spillet passende lavt, men al mådehold røg overbord, da gæsterne skrålede med på 'Wild Rover', som om sangen handlede om dem selv. Øl- og whiskeyglas gik op i luften. *I spent all my money on whiskey and beer*.

Jensen grinede. Gæsterne elskede at give den som vagabond. ”Men de er kun amatører. Henne på teatret har vi med professionelle at gøre, der ved, hvordan man kan lyve, uden at det ses.”

”Hvem lyver?” Sigurd Petersen kom gående med cigaretten bag øret og sin egen pint i hånden. Han satte sig hos dem.

”Sid ned,” sagde Jensen.

”Jeg håber ikke, du mente pressen?”

”Jeg taler om de vilde røvere derovre.” Jensen gestikulerede over mod koret, hvis stemmer nåede nye højder. ”I morgen sidder de nok i banken igen og giver den som seriøse kunderådgivere.”

Journalisten klinkede sit glas mod hans. "Hvad er for-
skellen?"

"Var det dig, der fulgte efter os ude på Bispetorv?"

"Så drastisk ville jeg nu ikke formulere det, men jeg
syntes, vi var kommet lidt hurtigt væk fra hinanden i pau-
sen. En af skuespillerne er død, forstår jeg."

"Så ved du mere end jeg," sagde Jensen.

Sigurd Petersen ikke så meget som løftede et øjen-
bryn. "Det er for sent at få dit foto med i papiravisen i
morgen, men hvis du har de første detaljer at fodre net-
avisen med, er det din store chance nu."

Jensen rystede på hovedet.

"Mister Ubestikkelig. Sådan har han altid været."
Journalisten smilede til Grete. "Kan du ikke få ham til at
løsne lidt op?"

Hun grinede bare.

"Pressen og politiet bør holde sammen," blev han ved.
"Det har jeg nu altid ment."

"Så længe det gavner dig," sagde Jensen.

"Måske kunne det gavne os begge?"

"Hvad har du at byde ind med?"

"Ligner det ikke en tanke, at Louise blev dræbt umid-
delbart før, hun ville give mig det interview?"

Jensen gabte.

"Som om nogen lukkede munden på hende, før de ri-
sikerede at komme i skudlinjen?" sagde Petersen.

"Det ville forudsætte, at vedkommende var bekendt
med hendes planer."

Journalisten tog en mundfuld af sin øl.

"Hyggeligt at møde dig, Petersen. Lad os tage det op

en anden gang. Lige nu kalder dynerne." Jensen lod den sidste slat af sin egen øl stå, klappede journalisten på skulderen og tog Grete under armen.

"Du kan ikke lide ham?" spurgte hun ude på gaden.

Jensen lukkede frakken. "Sigurd Petersen? Jo, bestemt. Vi plejer også at have glæde af hinanden. Vi skal bare altid først kridte banen op. Er du stadig sulten?"

"Lidt."

"Hvis du var meget sulten, ville jeg foreslå Tinas Grill henne i Skolegade." Der kunne man altid få en pizza-slice med til hjemvejen, hvis kolesterol ikke var noget problem.

Duften fik allerede hans mundvand til at løbe, da de trådte ind ad glasdøren.

"To med pepperoni." Den sorthårede ekspedient skubbede bakkerne hen over disken.

Jensen betalte og tog nogle papirservietter fra holderen. Pizzaskiverne flød af gullig olie, og han brændte tungen på den første mundfuld. Det var junk food om en hals, men det føltes godt at få noget i maven.

"Så håber jeg, P-huset kan finde din bil igen," sagde Grete, da de havde spist.

*

En patruljevogn krydsede fodgængerfeltet med de vikingeklædte mænd i lyskurven uden for Europaplads. Dens udrykningslys blinkede, men dens sirener tav. Natten var stille, da Jensen og Grete gik tilbage til Dokk1.

Fra denne vinkel mindede kulturhuset om et parkeret rumskib, svævende på betonpiller som landingsstel.

Bagved åbnede udsigten sig til havnens traditionelle kornsiloer og til nogle af de fragtskibe, der servicerede dem. En svag duft af soja hang i luften som en reminiscens af den industri, som engang havde været byens økonomiske grundlag.

Grete havde ikke behøvet bekymre sig. Parkeringshuset fungerede upåklageligt. Betalingsautomaten genkendte Jensens Dankort, og på en skærm kunne de følge med i, hvordan hans Peugeot blev hentet frem af kælderens gemmer. Kort efter dukkede den op i en bås længere henne.

Lyset var slukket hos Løndals, da Jensen trillede bilen ind i sin garage hjemme på Espedalen, og det passede ham fint. Lige nu kunne han godt undvære naboernes uvægerlige spørgsmål om, hvad der mon var sket i teatrets kulisser.

Gretes kjoler lå stadig på sengen. Hun hængte dem tilbage i klædeskabet og sparkede sine højhælede sko af. Hendes øjne var trætte i spejlet, men hendes duft var stadig velgørende let og frisk. Jensen tog hende om skuldrene. "Var det nu, jeg måtte hjælpe dig med lynlåsen?"

Hun grinede. "Du er da også uforbederlig."

Men hun var alligevel stille, da hun dukkede op fra badeværelset i sin silkenatkjole, duftende af tandpasta. "Oven på den her aften trænger jeg vist bare til at blive holdt om."

På forhånd havde Jensen forberedt en lille spøg oven

på Dracula-forestillingen: et vampyrgebis med frygtind-
gydende hjørnetænder købt i Pariserhuset, byens mest
velassorterede butik for spøg og skæmt. Men drabet på
Louise var også gået ham på, kunne han mærke, så han
puttede bare Grete og holdt om hende.

74

Kapitel 6

Det var blevet en kort og kærlig nat. I en perfekt verden ville man vende sig om og tage en halv time mere på den anden side, tænkte Jensen, da lyset strømmede ind ad vinduet næste morgen. Men fuglene sang ude i haven, og som hvert år føltes det som et mirakel, når foråret tog fat.

Hans indre ur havde vækket ham, før clockradioen begyndte at spille, så han rakte ud og slukkede for alarmen, før den risikerede at vække Grete. Hun ville have godt af lidt mere søvn.

Det var hendes første officielle arbejdsdag på Aarhus Teater, men kunstnere havde en anden døgnrytme end tjenestemænd, kunne han lige så godt vænne sig til. Mens han skulle møde på Politigården til morgenparole, vågnede teatret ikke til live før senere på dagen.

På sin vis passede det ham fint. Han satte pris på at finde sig selv over en skål havregryn med mælk og jordbæryoghurt på, med en hurtig kop kaffe til. Det var nemt og nærende, og det var hans daglige simple glæde. Han satte fødderne på gulvet så lydløst, han kunne, men ikke lydløst nok.

"Står du op nu?" spurgte hun.

"Pligten kalder." Han kyssede hende. "Men bliv nu bare liggende."

"Jeg kan vist alligevel ikke sove mere." Hun stod op og tog sin morgenkåbe på.

Da han kom ud af badet, opkvikket og påklædt og med vandkæmmet hår, boblede vandet i elkedlen. Hun hældte det på stempelkanden. Kaffeduften bredte sig i køkkenet.

"Så huslig." Han lagde armene omkring hende, men

Grete havde travlt med sine sysler.

Hun kom en appelsin mere i den appelsinpresser, han ikke havde brugt længe. Hun trykkede håndtaget ned, og juicen løb ned i kanden, der allerede var halvt fyldt. Aromaen kildede ham i næsen.

Hun tændte for brødristeren og dækkede bordet. Hun stillede smør og ost og marmelade frem.

"Grete, altså." Hans øjne gik til hans ur, og så til havregrynene, der var hans foretrukne spise lige nu. "Det behøver du ikke at gøre for min skyld."

"Oven på den aften har vi vist begge to fortjent at være lidt gode ved os selv."

Faktisk følte han sig mest beklemt. Hidtil havde de mest været sammen i weekenderne og i ferierne, hvor der var bedre tid – med hverdagene som en modvægt, hvor han kunne følge sine egne rutiner i sit eget tempo. "Husk, du ikke er flyttet ind som husholderske, men som min kæreste."

"Du kan jo revanchere dig en anden gang."

"Jo …" Hvis han stod noget tidligere op fremover.

Han gik ud til postkassen efter Stiften. Tiderne var for længst forbi, hvor avisbuddet havde stukket den ind ad brevsprækken i døren. I det hele taget blev der vist ikke delt ret mange papiraviser ud om morgenen længere. Han kunne bare godt lide den knitrende fornemmelse mellem fingrene, også selv om nyhederne i forvejen havde været ude på nettet.

Han tog avisen med ind og skilte sektionerne ad og lagde dem på spisebordet mellem fade og tallerkener og kopper.

Grete hældte kaffen over i en termokande, som hun skænkede til ham af. "Spis nu!"

Han smurte et stykke ristet brød og skar en skive ost og tørrede fingrene og løb overskrifterne igennem. Som Sigurd Petersen havde bemærket på den irske pub, måtte avisen balancere mellem aktualitet og praktiske hensyn. Nyheden om drabet på Louise var nået med som en kort notits.

Meget af spaltepladsen tilfaldt stadig Dracula-premieren på Aarhus Teater. Forsidebilledet var af David Nielsen og kone på den røde løber, men teksten nedtonede begejstringen. Redaktionen havde sikkert haft sit hyr med at justere de planlagte artikler efter den drejning, aftenen havde taget.

Han vendte avisen, så Grete kunne læse med om det drab, som allerede havde lagt en skygge over hendes nye arbejde, før hun overhovedet var tiltrådt.

Så vidt muligt plejede han at adskille sit eget arbejde fra sit privatliv. At glemme de døde efter fyraften. Ikke for at være kynisk, men for at overleve på jobbet. Kolleger, der tog deres arbejde med hjem, gjorde hverken sig selv eller efterforskningen en tjeneste, var hans erfaring. Ikke i længden, hvis de endte med at brænde ud.

Men drabet på Louise faldt uden for de vante rammer. På grund af Grete var sagen også blevet personlig for ham. Jensen rejste sig og gik rundt om bordet og satte sig på hug ved hendes stol. "Jeg bliver nødt til at gå nu," sagde han og følte det som at drive en kile ind mellem dem.

"Allerede?" Hun kiggede på al den uspiste mad på

bordet,

"Pøj pøj med jobbet." Han holdt om hende. "Mon ikke vi tales ved? Eller send mig en sms om, hvordan det går."

*

Gretes kys i døren fulgte med ham, da han bakkede rundt om hendes Fiat 500 og kørte ind ad Grenåvej.

På vej ned ad Dronning Margrethes vej stod solen ude over havet, og bølgerne reflekterede lyset bag ved sky-skraberne på Aarhus Ø. Radioens morgenprogram stod i arbejdernes tegn. De kunne ikke have valgt en finere dag til deres 1. maj-fejring. Her, hvor den tætte morgentrafik plejede at koste ham dyrebare minutter, var der næsten fri bane.

Han stillede bilen i Politigårdens personaleparkering og gik op på fjerde sal, hvor han havde kontor. Han tændte sin PC og fortsatte hen i parolesalen, der var et åbent kontor med et langt mødebord i midten.

Lea, deres trivelige sekretær, mødte ham i døren. "Hvordan er det så at være forenet med sin kæreste der-hjemme?" spurgte hun.

"Her på arbejde er du stadig min hemmelige kæreste." Han blinkede til hende og fik et klap på numsen for det.

Snakken gik. Der var kaffe på kanden, og enkelte mor-genaviser knitrede. Han satte sig ved siden af Jesper og Signe, der sad og sammenlignede søgeresultaterne på de-res smartphones med dem, som unge Kolding havde fun-det om drabet.

Signe var i jeans og læderjakke og havde samlet håret i en hestehale. Hun så frisk nok ud. ”Det blev en kort nat,” sagde Jensen alligevel. ”Hvordan har du det?”

”Tak, fint.”

”Sådan en sag bliver altid ved med at køre rundt i hovedet på mig,” forsøgte han at smalltalke, men Lars Henning kom ind og satte sig på den plads for bordenden, som engang havde været Jensens.

”Godmorgen.”

Da Lise blev syg, havde Jensen gearet ned på arbejde for at få mere tid til hende i de sidste måneder, lige før de blev bedsteforældre. Det havde været en god beslutning. Selv nu, hvor han arbejdede på fuld kraft igen, fortrød han aldrig beslutningen om at rykke fra bordenden og ned på langsiden.

Organisatorisk betød det ikke så meget. Politiets hierarki var meget fladt, og han var stadig politimand med stort P, men han savnede ikke eksponeringen, der fulgte med stillingen som indsatsleder.

”Skal vi gå i gang?” Lars Henning ventede, mens aviserne blev foldet sammen og telefonerne lagt til side. Så holdt han en forstørrelse af det foto op, som Jensen kendte fra teatrets glitrede program i aftes.

”Louise Stuk, 24 år, blev fundet dræbt i et baglokale på Aarhus Teater i går, hvor hun skulle have medvirket i en opsætning af Dracula. Hun blev dræbt med et af de sværd, der hænger fremme som rekvisitter, og bagefter gemt i et skab, hvor hun lå ubemærket i flere timer. Sjovt nok var det vores alle sammens Jensen, der fandt hende efter forestillingen.”

"Grete har fået et vikariat på AT," sagde Jensen. "Det var derfor, vi gik om bag scenen. Desværre først efter forestillingen."

"Godt, vi har hende." Lars Henning tillod sig et hurtigt smil. "Tør man håbe på, hun fortsat vil holde øjne og ører åbne på vores vegne?"

"Sikkert," mumlede Jensen. Grete havde før involveret sig i politiets efterforskninger. Til kollegernes begejstring – knap så meget hans egen.

Lars Henning fandt alvoren frem igen. "Teatret bliver lidt af en myretue at navigere i. Tyve skuespillere på scenen, mindst lige så mange teknikere bag kulisserne. Syv hundrede tilskuere, rent bortset fra alle de bysbørn, der strengt taget kunne tiltuske sig adgang i et ubevogtet øjeblik. Teatret er jo ikke ligefrem Fort Knox."

"Vi har nogenlunde styr på de ansatte." Jesper holdt sin liste med deres navne og telefonnumre op.

"Jeg har distribueret listen," bemærkede Lea. "Den ligger i jeres indbakke."

"Tak."

"Og vi talte med flere af dem, der havde mødt Louise, før hun forsvandt fra radaren," overtog Jensen. Han tikkede dem af: "Hendes veninde Juliet, hendes kollega Mortimer, hendes kæreste Asger. Blandt dem, der så Louise, var teaterchef Bente Lyngby den sidste, vi foreløbig har kunnet finde."

"Og da levede Louise?"

"Det påstår Lyngby i hvert fald."

"Hvad den tekniske side angår, har vi blodet at gå efter på gerningsstedet og på det, der ligner gerningsmandens flugtrute ud ad bagdøren til Skolegade. Formentlig er det offerets blod, men vi afventer resultaterne af analysen." Lars Henning trommede mod bordpladen. "Det drab kan ikke være gået helt stille for sig. Først blev hun dræbt med et sværd, og bagefter gjorde gerningsmanden sig den ulejlighed at gemme hende væk, men ikke om vi åbenbart kan finde vidner."

"Vi mangler at tale med rådmand Samuelsen," gjorde Jensen opmærksom på. "Kommunens mand i teaterbestyrelsen, som ville have frittet Louise om Walter Richard."

"Vil du hanke op i ham?" spurgte Lars Henning. "Sammen med Signe?"

"Gerne," sagde Jensen.

Hun trak på skuldrene. "Okay."

"Jeg vil også tale med Sigurd Petersen fra Stiften, som havde arrangeret et interview med Louise," sagde Jensen.

"Så er I to booket op." Lars Henning skrev en note på sin blok. "Jesper, vil du fortsætte med personalet? Skuespillerne og de forskellig hjælpefunktoner. Hvad har vi? Lydmænd, lysmænd, sceneteknikere? Dig og Kolding?"

"Cool."

Makkerparret nikkede, og Lars Henning noterede dem i sin logbog. "Jeg har aftalt med Halsnæs at deltage i obduktionen, og bagefter har jeg en aftale med elektrikeren om at se på den kortslutning, der åbenbart satte overvågningskameraet ud af spil."

Han blottede tænderne. "Lad os krydse fingre for, det giver pote, før vi skal afhøre de syv hundrede teatergæster."

Der lød støn fra kollegerne.

"Hvad er vores standpunkt, hvis pressen henvender sig?" spurgte Kolding.

"I henviser til det pressemøde, jeg indkalder til senere i dag. Flere spørgsmål?"

Der blev mumlet nej og rystet på hoveder.

"Så pas på jer selv derude." Lars Henning rejste sig, og kollegerne fulgte hans eksempel.

*

Jensen og Signe fulgtes tilbage til hans kontor. "Så er vi et hold igen," sagde han og håbede ikke, det lød for overstrømmende. "Skal vi se, om Samuelsen vil tale med os i dag?"

Denne gang fik han straks rådmanden i røret.

"Det var mig, der lagde en besked til dig i går aftes," sagde Jensen, da han havde præsenteret sig.

"Jeg har lige hørt den. Politiet?"

Hans overraskelse imponerede ikke Jensen. "Du ved sikkert, hvad der skete på Aarhus Teater i aftes?"

"Drabet på Louise, ja? Det er frygteligt, men hvad kan jeg hjælpe med?"

"Det vil vi gerne mødes med dig om. På rådhuset?"

"Gerne. Jeg har en ledig tid den …"

"Lige nu."

Samuelsen tøvede.

"Så er det en aftale. Om ti minutter." Jensen lagde på. "Skal vi gå til fods?"

Der var ikke langt, og vejret indbød til en gåtur op ad

Søndre Allé. Også her satte 1. maj sit præg. Trafikken var sparsom, og de få træer langs gaden stod klar til at springe ud.

”Samuelsen har ikke ligefrem presset på for at tale med os,” sagde han undervejs. ”Kan vi lægge noget i det?”

”At han er bange for at få en møgsag på halsen?” Signe hvilede hænderne i sine jakkelommer. ”Han er politiker, udpeget til teaterbestyrelsen af kommunen, men har ellers ingen pletter på straffeattesten.”

”Respekt.”

”Jeg slog ham op før morgenparolen.”

Henne på hjørnet ved Frederiks Allé rislede Grisebrønden i en snip af morgensolen: soen med sine otte grislinger. Uret i rådhusets tårn slog ti. Selv om den firkantede funkis-bygning ikke længere dominerede bybilledet, var den stadig et markant vartegn.

Jensen holdt døren ind til den store hall for Signe og var næsten ikke blevet færdig med sin henvendelse ved skranken, før politikeren kom gående med raske skridt.

Han rakte hånden frem, som om han mødte en kær gammel bekendt. ”Jensen, ikke sandt?” Samuelsens tænder blændede i samme hvide farve som hans åbne skjorte under det skarpe jakkesæt.

”Ja, og det er min kollega Signe Rasmussen.”

”Godt at møde jer,” sagde manden, der aldrig havde returneret Jensens første henvendelse. ”Lad os gå op på mit kontor.”

På hver etage gik der svalegange rundt langs hallens vægge, med træpaneler bagved. Samuelsen dirigerede elevatoren op til anden sal og viste dem ind på sit kontor.

Han rykkede en ekstra gæstestol hen til sit blankpolerede skrivebord. "Kaffe?"

De satte sig, men takkede nej til kaffen.

"Først af alt skal I vide, at jeg er dybt berørt af Louises død. Bente ringede. Vi er begge to sønderknuste."

I Jensens ører lød det som et forberedt statement. Et, som politikeren senere ville give til pressen, gættede han. Ikke mindst, da Samuelsen svingede sig op på de høje nagler.

"Aarhus Teater er et af byens vigtige kulturelle pejlemærker. Derfor er det kun naturligt, at kommunen tager en aktiv interesse i den overordnede ledelse, men vi er meget bevidste om at holde en passende afstand til den daglige drift. Vi blander os for eksempel aldrig i direktionens kunstneriske valg."

"Men du talte alligevel med Louise før forestillingen?"

Jensens emneskift bragte ham ud af kurs. "Det ville jeg gerne have gjort," indrømmede Samuelsen, "men Bente har sikkert også fortalt dig, at hun bad mig gå."

"Hvad ville du have talt med Louise om?"

"Jeg ville have ønsket hende knæk og bræk med forestillingen selvfølgelig."

Ville de ikke alle det. "Og hvad mere?" spurgte Jensen.

Samuelsen jonglerede en blyant mellem fingrene. "Vi … Bente havde set sig nødsaget til at suspendere Walter Richard, instruktøren."

Han viste sine hvide tænder. "Jeg tilsikrede Louise

min fulde opbakning og sagde, hun ikke skulle tænke på sagen, når hun gik på scenen. Ja, sådan var det." Han knyttede næverne som en bokser. "Bare giv den gas. Det var det, jeg sagde."

"Jeg troede ellers ikke, du så hende?"

"Kun for den korte bemærkning."

"Og det var det sidste, du så til hende?"

Samuelsen tog en dyb indånding, inden han så dem ind i øjnene efter tur. "Ja!"

"Hvor var det henne?"

"På gangen bag ved regien."

"Kan du huske, hvad klokken var?"

Samuelsen spidsede læberne. "Lidt over seks? Jeg så ikke på uret."

"Bente Lyngby bad dig gå, siger du."

"Ja."

"Du gik ikke tilbage til Louise senere?"

"Hvad insinuerer du?" Politikeren rettede sig op i stolen.

"Det kunne jo være, du havde set andre, der også gerne ville tale med hende?" sagde Jensen. "Måske en person, der normalt ikke hørte til bag kulissen."

"Åh, på den måde." Samuelsen sænkede skuldrene. "Nej, jeg var kun bag kulisserne den ene gang, jeg har fortalt om."

"Bortset fra dengang i pausen, hvor du kom ud fra den private gang bag ved baren?"

Et genkendelsens glimt lyste op i rådmandens øjne. "Det var dig, der stod og snakkede med Petersen fra Stiften."

”Ja.”

”Det er rigtigt. Jeg ville forhøre mig om Louise, men ingen af hendes kolleger vidste noget, så jeg gik igen.”

”Hjem?”

”Jeg talte Richards suspendering igennem med vores jurist. Vil du have hans navn?”

”Det vil jeg i givet fald vende tilbage til,” sagde Jensen.

Samuelsen fulgte dem ned i receptionen. ”Jeg ville ønske, jeg kunne hjælpe noget mere,” sagde han, som om han havde hjulpet overhovedet. ”Jeg bliver ved med at se Louise for mig, da vi sagde farvel i går. Hun smilede til mig.”

Han smilede selv med sine perfekte tænder. ”Hun kunne have drevet det vidt, er jeg sikker på.”

Jensen takkede høfligt for samtalen.

”Hvis I har flere spørgsmål, står jeg selvfølgelig til disposition,” sagde kulturrådmanden.

”Det skal vi nok sørge for, du gør,” sagde Jensen venligt.

*

Springvandet rislede hen over grisene. Det var godt at komme ud i solen igen. Jensen indåndede den milde majluft, som Louise var blevet snydt for – og opdagede noget så sjældent som et smil på Signes ansigt.

”Hvad?” spurgte han.

”God afgangsreplik. Og den ramte.” Hun gjorde et

umærkeligt vrik med skuldrene. ”Samuelsen står og kigger efter dig.”

Det gjorde han sandelig også. Da Jensen vendte sig om, fangede han politikerens silhuet i den blinkende glasdør. ”Tror du, han talte sandt?”

”Om at han kun ville ønske Louise knæk og bræk med forestillingen?” spurgte hun. ”Bestemt ikke.”

”Hvad tror du så, han ville?”

”Bede hende tale pænt om Richard.”

”Fordi?”

”Fordi enhver uro på teatret vil true med at smitte af på kommunen.”

Jensen var enig. Borgmesteren havde solet sig i glansen fra den internationale stjerneinstruktør, så længe der havde været noget at sole sig i. Nu, hvor Richard var faldet i unåde, handlede det om at begrænse skaden for bykongens omdømme. Omvendt gjorde det næppe Samuelsen til gerningsmand. Tværtimod.

”En suspendering er én ting, men dog ikke det samme som et drab.”

”Medmindre Samuelsen var ude på at skade borgmesteren.”

En politisk intrige? ”Hold fast i tanken,” sagde Jensen bare, for henne fra Park Allé så han et bekendt ansigt komme gående med cigaretten klemt fast bag ved øret. ”Petersen.”

Journalisten lignede én, der havde sovet i sin tweedjakke. Måske på Stiftens kontorer, der kun lå et stenkast derfra, med udsigt over Banegårdspladsen.

Han smilede bredt. Mest til Signe, da Jensen præsenterede dem for hinanden. "Pas på med ham Jensen," sagde han ud ad mundvigen. "Han er en ulv i fåreklæder. Uskyldslam på overfladen, men ikke når han først har bidt sig fast."

Jensen bekæmpede sin trang til at hive hende ud af journalistens tobaksånde. "Det skulle vel ikke være Samuelsen, du kommer for at tale med?"

Sigurd Petersen grinede. "Jeg røber aldrig mine kilder. Det skulle da lige være over en ristet hotdog med det hele."

Henne ved Sønder Allé var Børnenes Kontors pølsevogn ved at åbne, og Jensen kunne godt mærke, han manglede den bund, havregrynene plejede at lægge.

"Med både rå og ristede løg?" spurgte pølsemanden kort efter.

Af en eller anden grund skulle de altid have bekræftet, at ja, 'det hele' betød både sennep, ketchup og remoulade, rå og ristede løg og agurker.

"Ja tak. Og agurker." Det sidste spørgsmål kom han selv i forkøbet. "Og en Cocio."

"Det samme til mig," sagde journalisten. "Signe?"

"Kun en kop kaffe, tak. Men jeg betaler selv."

Det gjorde Jensen også, før Sigurd Petersen nåede at holde sit Dankort over terminalen. De fik udleveret deres madvarer og satte sig på den ene af bænkene under det gamle bøgetræ ud til gaden.

"Det er nu ærgerligt, at de lukkede pølsevognen nede på Vesterbro Torv," bemærkede Sigurd Petersen over en stor bid.

Jensen gav ham ret. I stedet var der kommet en pita-bar. Hvor dybt kunne man synke. "Så du siger, du skal mødes med Samuelsen?"

"Det sagde jeg ikke, men ja. Borgmesteren har desværre ikke tid."

"Han må da være interesseret i, hvad Louise nåede at fortælle dig om Walter Richard."

"Vores interview blev jo aldrig til noget." Sigurd Petersen fangede en skive agurk, der truede med at falde til jorden, med læberne.

"Talte I ikke indholdet igennem på forhånd?"

"Desværre ikke, nej, men da jeg spurgte til krænkelsessagen, lagde hun ikke skjul på, at hun også havde den ene og anden sandhed at fortælle om livet bag kulisserne."

"I aftes antydede du, at nogen havde lukket munden på hende, før hun risikerede at bringe dem i skudlinjen."

"Gjorde jeg det?"

"Hvem tænkte du på?"

For en kort bemærkning mistede journalisten sit overlegne smil. "Jeg fortæller altid mine kilder, hvem mere jeg har tænkt mig at høre. Det er den ordentlige måde at gøre det på. De skal vide, at jeg krydstjekker deres udtalelser."

"Og nu tror du, at en af dem kunne være gået til yderligheder?"

"Jeg deler bare en tanke, der har naget mig."

"Hvem taler vi om?"

Journalisten genvandt sin selvsikre attitude. "Hvad

tror du, Lars Henning vil fortælle os på pressemødet i eftermiddag?"

"Det vil han sikkert gerne selv fortælle om."

"Har I skudt jer ind på en mistænkt?"

"Og hvis vi havde?" Jensen tog en lang slurk af sin Cocio.

Sigurd Petersen krøllede sit pølsepapir sammen, tog cigaretten fra sit øre og tændte den med en lighter. Han pustede røgen op i solskinnet. "Så kunne jeg fortælle dig, at jeg har en artikel i arbejde med baggrundsoplysninger fra Bente Lyngby, Mortimer Hessel, Rikke Hviid, Walter Richard, fru Richard ..."

"Hans kone?" spurgte Jensen.

"Karla, hans kone og manager. Mistænker I nogen af dem?"

Jensen rystede på hovedet. "Lige nu er der ingen hovedmistænkt, nej."

"Okay. Tak for handelen." Sigurd Petersen tog et sidste hiv af cigaretten, smed skoddet på fliserne og rejste sig.

"Det der koster en bøde," sagde Signe.

"Om forladelse." Han bukkede høfligt, samlede skoddet op og lagde det i jakkelommen. "Jeg må hellere tage fat i Samuelsen, før han kommer i tanker om sjovere forpligtelser."

Han smilede til hende. "Jeg håber, vi snart ses igen. Og Jensen, også dig selvfølgelig." Han gjorde honnør.

"Ja, den er god med dig," mumlede Jensen efter ham. "Hvad mener du? Kan vi bruge de navne til noget?"

"Var det overhovedet pointen?" spurgte Signe.

”Hvad skulle den så have været?”

”At lege spioner på hemmelig mission?”

”Vi holder ikke op med at lege, fordi vi bliver gamle,” sagde Jensen. ”Men vi bliver gamle, hvis vi holder op med at lege.”

Hun underkastede hans ansigt et kritisk blik.

”Er det rynkerne?” Han forsøgte at glatte dem ud.

”Du har noget remoulade på hagen.”

Kapitel 7

Grete så sig om blandt sine kommende kolleger. Selv op ad formiddagen var det en klatøjet trup, der havde samlet sig på Store scene. Skuespillere og sceneteknikere. Forskellen var svær at få øje på, når de alle gik i deres eget tøj.

Hun smilede til Iben, Dy og Victoria, der nikkede lidt afmålt tilbage og derefter hurtigt stak hovederne sammen. Hvorefter Grete igen stod som den nye pige i klassen, som ingen rigtigt ville kendes ved, mens Ulla var optaget til anden side. Med en af skrædderne vistnok.

"Det er min scenekjole, de diskuterer," sagde en stemme tæt på. "Det var kun en reserve, jeg brugte i går, så den skal tilpasses."

Grete genkendte næsten ikke Juliet. I aftes havde tårerne og den udtværede sminke og fortvivlelsen over Louises død malet en grotesk maske hen over det skrøbelige ansigt.

Dagen derpå røbede linjerne under hendes øjne stadig sorgen, men klarøjet og duftende af sæbe virkede hun som en helt naturlig frisk ung pige. "Nervøs på din første arbejdsdag?" spurgte hun oven i købet.

"Spændt," sagde Grete.

"Du kommer til at klare dig fint." Juliets klem udviskede aldersforskellen. For en kort bemærkning kunne hun ligefrem have været den ældste af dem og Grete den yngste.

"Der kommer hun," sagde Juliet.

Hun mente Bente Lyngby. Teaterchefen kom gående ned langs tilskuerrækkerne i salen og steg op ad den lille trappe i scenens venstre side. Ved scenekanten blev hun stående og ventede, til snakken forstummede.

"Godmorgen," sagde hun. "Selv om begrebet virker lidt malplaceret oven på natten. I ved alle sammen, at Louise blev revet fra os i går."

Her og der blev der mumlet.

"Jeg er forfærdet. Lige som I sikkert er det," sagde Bente Lyngby. "Louise var et hjertevarmt menneske og en god kollega. Vi kommer alle til at savne hende. Før jeg siger mere, vil jeg gerne bede jer om at mindes hende med et minuts stilhed."

Hun bøjede hovedet, og personalet fulgte hendes eksempel.

"Tak. Jeg ved, at mange af jer stod Louise meget nær. Jeg ved også, at politiet vil gøre alt for at opklare den frygtelige forbrydelse, hun blev offer for. De vil være hos os i dag og fortsætte deres efterforskninger."

"Hvor langt er de nået?" spurgte Mortimer Hesel, der spillede Dracula.

"Det vil jeg overlade til dem selv at informere os om," sagde Bente Lyngby. "Imens er det op til os at fortsætte vores arbejde, tragedien til trods. Det er vores pligt og vores kald." Hun så sig om i den rundkreds, der havde samlet sig om hende. "Opgaven bliver ikke lettere af, at vi så os nødsaget til at suspendere Walter Richard."

"Hvorfor blev han ikke straks fyret?" spurgte en hæs kvinde med høje kindben.

"Vi tager alle ansættelsesforhold meget seriøst," sagde Bente Lyngby. "Når det kommer til stykket, tror jeg, at I hver især har krav på en ordentlig behandling, og det samme har Walter.”

En mumlende uro bredte sig.

”Til gengæld er det i dag, vi hilser en ny kollega velkommen: Grete Møller. Grete afløser Rikke som frisør. Hvor er du henne?”

Grete trådte frem. ”Jeg glæder mig til at lære jer alle nærmere at kende.”

”Vi håber, du bliver glad for at være her,” sagde Mortimer. ”Men Bente. Hvad skal der ske med stykket nu?”

Bente Lyngby tog en dyb indånding. ”Stykket fortsætter. Jeg tror også, det ville være i Louises ånd, men selvfølgelig skal vi alle finde vores egne ben igen. Til det formål aflyser vi de næste to forestillinger. Jeg har bedt Gerhard om at overtage Richards post. Hvor er du henne, Gerhard?”

En tynd mand i ternet skjorte rakte hånden op.

”Han er Richards assistent,” hviskede Juliet ved Gretes side.

”I kender Gerhard, han kender stykket, og han har indvilget i at overtage instruktionen,” sagde Bente Lyngby. ”Med kort varsel, og tak for det. Jeg tænker, du gerne selv vil rette nogle ord til tropperne.”

Gerhard rømmede sig. ”Det er ikke en situation, nogen af os havde ønsket sig at komme i. Louise var som født til rollen, men Juliet, du gjorde det godt i går, så jeg håber, du vil fortsætte i rollen?”

”Selvfølgelig.” Juliet fik røde kinder over bifaldet fra sine kolleger.

”Tillykke. Du var også god i går,” sagde Grete lidt mere entusiastisk, end der måske var belæg for.

”Her og der skal vi selvfølgelig finpudse replikkerne,” fortsatte Gerhard. ”Jeg tænker, vi spiller stykket igennem fra A til Z om lidt for at finde rytmen, og så bruger vi fridagene til at skyde os nærmere ind på de enkelte scener.”

Mortimer kom hen og gav Juliet et knus, men Grete lagde mærke til, at trekløveret fra i går stod og hviskede ophidset sammen. Den hæse kvinde med de høje kindben rynkede også panden.

Det blev ikke bedre, da Gerhard pegede på hende. ”Amanda, hvis du er med på den, vil jeg gerne bede dig overtage Juliets oprindelige rolle.”

”Jaså?”

”Taler du selv med skrædderne og frisørerne om dit nye kostume?” Gerhard klappede i hænderne. ”Og skal vi andre så tage den herfra?”

Forsamlingen vågnede til live. Snakken voksede frem i krogene. Indtil Amandas hæse stemme skar igennem. ”Øjeblik.”

*

”Går det ikke lidt hurtigt alt sammen? Louise er død, og her skal vi bare fortsætte, som om intet var hændt, og klappe i vores små hænder og sige ja og amen.” Amanda gik til Gerhard. ”Skal du ikke først høre, om jeg overhovedet vil have den fine birolle efter Juliet?”

Han hostede. ”Jeg spurgte dig da også.”

”Men afventede du mit svar?”

"Nej," indrømmede han. "Det var nok også en fejl. Vil du have rollen?"

"Som et trøsteplaster for den hovedrolle, jeg var øremærket til, men som jeg blev snydt for, da Richard vendte op og ned på planerne?"

"Hovedrollen er jo ligesom …"

"Optaget?" Amanda var så tæt på ham nu, at Gerhard snublede i sit snørebånd. "Ikke et ondt ord om Juliet, men det var trods alt mig, der sad med rollen til de første læsninger. Det er mig, der kender den ud og ind."

Den nyudnævnte instruktør kiggede på teaterchefen efter hjælp.

"Skulle vi nu ikke lige slå koldt vand i blodet," sagde Bente Lyngby.

"Og fortsætte som altid? Med en alibirolle til mig for at bevise jeres tolerance, men ikke noget, der kunne blive pinligt for jer?" Amanda fik hidsige pletter på de høje kindben. "Er vi ikke nået længere end det? I 2021?"

Amandas kolleger kiggede op i loftet eller ned på deres fødder.

"Hvad handler det om?" hviskede Grete til Ulla, der så lige så bekymret ud som de fleste andre.

En bevægelse nede fra salen fik dem alle på andre tanker. To mænd i anorakker steg op til scenen. Jesper, der gik forrest, opdagede Grete og vinkede. Bag ham nikkede Kolding høfligt.

"Strømerne," sagde en stemme i baggrunden.

Jesper tog det som en kompliment. Han smilede. "Vi er kede af at forstyrre, men som jeg sagde i går, vil vi gerne tale mere udførligt med jer én ad gangen nu, hvor der er bedre tid.”

”Så meget for at spille stykket igennem fra ende til anden,” sukkede Mortimer Hessel.

Omvendt forekom det Grete, at både Gerhard og Bente Lyngby så helt lettede ud over forstyrrelsen.

”Jeg talte på forhånd med jeres indsatsleder,” sagde teaterchefen. ”Der står et kontor klar til jeres afhøringer på første sal. Hvis I til gengæld vil aftale rækkefølgen med Gerhard, så den passer bedst muligt ind i prøverne?”

”Gerne.”

”Vi skal nok indrette os,” forsikrede instruktøren hurtigt. ”Bortset fra Mortimer og Juliet, som optræder i de fleste scener, har I næsten frit slag.”

”Fint.” Mens Jesper tog en navneliste frem, dukkede endnu to politifolk op nede i salen. Denne gang var det Jensen og Signe.

”Jeg håber ikke, det kommer ubelejligt,” sagde han på vej op ad trappen. ”Men kunne jeg få lov til at låne Juliet for en kort bemærkning?”

*

Gerhard klappede i hænderne. ”Et lille break, mens Juliet taler med politiet. I andre kan bruge tiden på at forberede jeres roller.”

Forsamlingen opløstes. Bente Lyngby tog sig af Jesper og Kolding, sceneteknikerne forsvandt i kulisserne, og skuespillerne trissede ned i regien. Kun Grete blev stående sammen med Juliet og Ulla. Og fortrød det i samme nu, Jens Peter plantede et kys på hendes læber – hurtigt, men ikke videre diskret.

”Behøver du gøre det lige her?” hviskede hun, men skaden var sket.

Ulla grinede, og selv Juliet havde svært ved at holde masken.

”Det er godt at se, du har fået det bedre,” sagde han til skuespilleren.

Juliet slog øjnene ned.

”Jeg havde tænkt mig at finde et stille sted, hvor vi kan snakke sammen, men …” Han så sig om på scenen, der nu var helt forladt. ”Måske er der stille nok her?”

”Hvis I altså vil have os undskyldt?” spurgte han Grete og Ulla.

De to frisører gik ned i regien, hvor kaffemaskinen stod og boblede på sin hylde, og hvor en halvcirkel af skuespillere og sceneteknikere havde forsamlet sig under fladskærmen på væggen, der viste Store scene fra fugleperspektiv.

I skærmens nederste hjørne stod Jensen med Signe og Juliet i det, der lignede en tavs pantomime.

”Wow for en flot kæreste, du har,” hviskede Ulla til Grete.

”Tak.”

”Ved du, hvor langt de er nået med deres efterforskning?”

”Er det derfor, du smigrer?” Grete lo. ”Du tror, du kan få noget insiderviden?”

Der var ingen lyd på optagelserne, så transmissionen

mistede hurtigt interesse. Rundt om dem begyndte personalet at løsrive sig fra skærmen. De havde deres roller at
forberede. Grete følte sig rastløs efter selv at komme i
gang med sin første arbejdsdag.

Ulla fornemmede vist hendes virketrang. ”Skal vi
smøge ærmerne op?”

”Gerne for min skyld.”

”Når stykket først kører, har vi mest travlt om aftenen,
men dagen er jo lidt usædvanlig, fordi flere af skuespillerne har skiftet roller. Tove skal tilpasse deres kostumer,
og vi skal tilpasse deres parykker.”

”Somme tider skal man også være lidt af en psykolog.” Ulla gjorde et umærkeligt tegn over til det hjørne,
som Amanda havde trukket sig tilbage til.

”Amanda, har du tid til os nu?”

Skuespilleren trak på skuldrene.

De gik alle tre over i sminken, hvor Ulla placerede
hende foran et af spejlene og begyndte at rede hendes hår
ud. ”Det er næsten synd at skjule dit eget fine hår under
en paryk.”

”Åh, lad nu være.” Amanda blæste kinderne op. ”Du
ved da godt, hvorfor det aldrig bliver mig, der får hovedrollen. For grim, for kraftig.”

”Pjat nu med dig.” Ulla satte spænder i. ”Du er så fin.”

”Ikke et fint lille nips som Juliet. Eller smuk som Louise, ja undskyld jeg siger det, nu hun er død.”

Kapitel 8

Der var blevet stille på scenen. Lovlig stille, efter at alle andre var gået hver til sit. Måske havde det været en fejl også at bede de to frisører gå. Jensen iagttog Juliet i smug. Sammen med Grete og Ulla havde hun virket afslappet og tryg. Nu, sammen med Signe og ham alene, spændte hun i skuldrene og i kæben.

Han kendte reaktionen. Selv mange helt uskyldige personer havde det svært med at møde politiet, og Juliet var bestemt ingen undtagelse.

"Vi vil bare gerne stille nogle enkle spørgsmål," forsøgte han at bryde isen.

Det gjorde kun Juliet mere anspændt. "Er det ikke det, politiet altid siger for at få de mistænkte til at slappe af?"

"Du er ikke mistænkt," sagde han.

Signe overtog. "Men du kan godt se, at vi er nødt til at undersøge alle tænkelige spor. Vi gør det primært her på teatret, men vi kan ikke udelukke, at gerningsmanden var én, der kom udefra. Én, der ikke har med teatret at gøre."

"Hvem skulle det have været?" spurgte Juliet.

"Siden du var hendes veninde, tænkte vi, om du kender nogen fra hendes omgangskreds, der …"

"Der ville have myrdet hende?" Juliet rystede på hovedet. "Ikke Louise. Hun var så varm."

"Vi forstod på Asger, at hun var flyttet fra ham og ind hos dig."

"For at få arbejdsro, ja. Hun var meget fokuseret på sin rolle."

"Så der var ingen plads til kærester?"

Juliet hævede stemmen. "Spørger du, om han var ja-loux?"

"Det indrømmer han selv, han var."

"Men ikke på den måde, du tror."

"Hvilken måde tænker du på?"

Juliet kiggede op mod en af projektørerne over scenen. "Ja, han dukkede op en enkelt gang hjemme hos os. Han savnede hende, men der var ingen problemer, da hun sagde, at han måtte vente til efter premieren."

"Han gik igen uden at kny?"

"Han var selvfølgelig ked af det." Juliet tyggede på underlæben. "Men han var ikke voldelig, hvis det er det, du mener. Han følte sig bare kørt ud på et sidespor."

"Havde hun fjender?" spurgte Signe. "Nogen, der ge-nerede hende? Ringede? Sendte ubehagelige beskeder?"

"Nej. Ingen, jeg kender til."

"Jeg går ud fra, at nogle af hendes ting stadig ligger i din lejlighed?"

"Hvorfor spørger du om det?"

"Kunne vi få lov til at se dem igennem?"

"Jeg … har ikke lige ryddet op."

"Så meget desto bedre," sagde Jensen. "Hvis Louises ting ligger, som hun efterlod dem."

"Ja, selvfølgelig, men …" Juliets øjne flakkede hen over scenen.

Han kom alle videre indvendinger i forkøbet. "Bor du langt herfra?"

"I Nørre Allé."

"Så behøver det ikke at vare længe. Jeg skal nok aftale det med din instruktør."

*

Amanda gik sin vej, og de to frisører pustede ud. Det var lykkedes Grete at neddæmpe skuespilleren, mens Ulla tilpassede hendes paryk, men Amandas vrede havde været umiskendelig.

"Det var ikke lige den paryk, hun havde sat næsen op efter," sagde Ulla, mens hun placerede den på et af flamingohovederne på hylden.

"Hun ville gerne have haft hovedrollen," sagde Grete.

"På sin vis kan jeg godt forstå hende." Ulla finjusterede en krølle i parykken. "Hun var selvskrevet til den, før Richard kom ind fra sidelinjen og forfremmede Louise, så det er klart, at hun havde regnet med at få rollen, hvis Louise…" Hun standsede midt i sætningen.

"Amanda havde regnet med at få hovedrollen, hvis Louise døde?"

"Hvis Louise blev syg, ville jeg have sagt." Ulla blev stadig mere interesseret i den løse lok. "Det var ikke meningen at beskylde Amanda for drabet."

"Jeg ved det." Grete klappede hendes arm. Ulla var ikke typen, der talte ondt om nogen, men havde tværtimod puslet meget omsorgsfuldt om skuespilleren.

"De kan godt virke lidt krukkede, men i virkeligheden går de bare meget op i deres arbejde," sagde Ulla. "De gode jobs hænger jo ikke ligefrem på træerne."

"Så hellere være frisør?"

"Helt sikkert, hvad mig angår."

”Har du aldrig selv drømt om at blive skuespiller?”

”Mig?” Bestemt ikke.” Ulla brød ud i en hysterisk teaterlatter. ”Den ene gang, jeg spillede med i skolekomedien, var jeg nær faldet om af sceneskræk. Men jeg kan godt lide atmosfæren. Det sitrer. Der er nerver på. Der er ikke noget at sige til, at de har en hang til overtro, skuespillerne.”

”Hvordan?”

”Du må aldrig ønske held og lykke, fordi det giver dårlig karma. Der skal altid bestilles blomster til førstedamen. Lyset må aldrig slukkes helt om natten …”

”Dårlig karma?”

”Drab hører normalt ikke til pakken. Desuden …” Morskaben gik af Ulla. ”Hvis man først begynder på at mistænke nogen af dem for at skade de andre med vilje, kunne man blive ved.”

”Hvem tænker du på?”

”Gerhard for eksempel. Han blev kun forfremmet, fordi Richard fik sparket.” Ulla holdt en hånd op for munden. ”Ups! Lyder det nu som sladder igen?”

”Sladder? Er det ikke derfor, vi elsker at gå til frisør?” Bente Lyngby kom ind. Hun lo ad Ullas røde ører. ”Men bare rolig. Jeg hørte intet.”

Hun blæste en hårtot op, der helt ukarakteristisk var faldet ned i panden. ”Pyh. Der er nerver på derude.”

”Vi stod lige og snakkede om det,” sagde Grete.

”De kan jo ikke alle få hovedroller.” Teaterchefen lod sig falde ned i den nærmeste frisørstol og roterede i nakken. ”Jeg hører, din kæreste lånte Juliet med ud på en lille udflugt?”

"Så ved du mere, end jeg gør."

"Mon?" Bente Lyngby fikserede hendes blik i spejlet.

"Jens Peter er meget striks, hvad linjen mellem arbejde og fritid angår," løj Grete. "Han ville aldrig fortælle mig noget, som ikke står i aviserne. Men afspænding, det har jeg forstand på."

Hun stillede sig bag ved frisørstolen og lod fingrene glide op under Bente Lyngbys kraftige sorte hår.

Teaterchefen sukkede. "Åh, jeg får gåsehud,"

"Det var også meningen." Grete kradsede blidt i hendes hovedbund.

Bente Lyngby vippede hovedet tilbage og lukkede øjnene. "Rollefordelingen er vanskelig, men ingen ville have myrdet Louise af den grund."

Grete masserede hendes nakke.

"Åh ja. Lige der." Bente Lyngby gav sig, da Grete fandt en hård muskel. "Og så hysteriet om Walter. Hvad forventer de af mig? At jeg fyrer en medarbejder på baggrund af én beskyldning?"

"Én beskyldning?"

Teaterchefen åbnede øjnene. "Du er vist god til at få folk til at snakke."

"Jeg er frisør," sagde Grete.

"Og politimandens kæreste?"

"Jeg fortæller ham aldrig mine kunders hemmeligheder. Medmindre de selv ønsker det, men så kan man selvfølgelig spørge, om de har en bagtanke med at fortælle mig dem."

Bente Lyngby lo. "Bare hils og sig, han skal passe på med de unge piger. De kan være så sarte, jeg ved ikke, hvor det kommer fra. Men det har du ikke fra mig.”

Hun rejste sig og strakte skuldrene, mere afslappet nu. ”Det må jeg sige. Det hjalp.”

”Man kan, hvad man kan.”

Ulla fnisede, da Bente Lyngby var gået. ”Man kan, hvad man kan?”

Grete smilede selv. ”Går den, så går den.”

”Hvad går?” Denne gang var det Mortimer Hessel, der kom ind.

”Står du og lytter ved døren?” Ulla tog ham i nakkehåret. ”Jeg synes, du trænger til en studsning.”

Han grinede. ”Og en nakkemassage? Bente siger, Grete har magiske hænder.”

”Kun til værdigt trængende.”

”Værdigt, netop. Jeg synes, det gør lidt ondt her mellem skuldrene.” Han vred sig, men det lidende ansigtsudtryk kunne ikke snyde nogen.

”Den forestilling ville du ikke nå langt med på scenen,” sagde Ulla.

”Jeg har da altid kunnet snyde Rikke,” sagde han til Grete. ”Bager du gulerodskager?”

”Kan du godt lide dem?”

”Jeg hader gulerodskager. Det kunne jeg bare aldrig nænne at fortælle hende. Rikke kunne blive frygteligt skuffet, når man ikke roste hendes hjemmebag. Men det kostede på selvrespekten.” Han klappede sig på den flade mave.

”Jeg skal nok lade være med at nøde dig.”

”Altid betryggende, når en kvinde respekterer ens

grænser." På vej ud ad døren vendte han sig om. "En trøffel eller to ville jeg til gengæld ikke sige nej til."

"Jeg skal give dig trøffel." Ulla tog en kost, der stod lænet op ad væggen.

"Hvad siger du?" spurgte hun Grete, da Mortimer var jaget på flugt. "Skal jeg vise dig rundt på teatret?"

*

Ude på gangen lignede teatersværdene harmløse attrapper, så nydeligt som de hang på væggen. Men kun ved første blik. Det sidste sværd i rækken manglede, fordi nogen havde dræbt Louise med det.

Af samme grund havde Jensens kolleger afspærret den ende af gangen, der førte til værkstedet. Gerningsstedet. Grete mærkede stadig eftervirkningerne i mellemgulvet af det chok, der havde grebet hende, da liget af Louise væltede ud af kosteskabet.

Ulla tog hende ved albuen. "Vi kan gå den anden vej rundt."

"Bare du ikke bliver væk for mig i labyrinten," sagde Grete kun halvt for sjov. På hendes første rundvisning for nogle uger siden var omgivelserne gået lidt hen over hovedet på hende, men hun huskede tydeligt fornemmelsen af at miste orienteringen. "Der er så mange gange og lokaler og trapper."

"Før du ved af det, navigerer du alle krinkelkrogene som en gammel rotte," sagde Ulla. "Men det er rigtigt nok, som du siger. Der er faktisk 91 rum i bygningen. De holdt sig ikke tilbage, dengang de byggede teatret."

Bygningen stammede fra det forrige århundredskifte, fortalte hun undervejs. Det 'nye' teater, som det blev kaldt, afløste sin forgænger, 'Svedekassen', der kun havde ligget et stenkast fra sin efterfølger. Byggeriet var blevet finansieret gennem en form for folkeaktier. "Alle byens borgere var inviteret til at bidrage med det, som de nu kunne afse. Lidt lige som crowdfunding."

Hendes øjne lyste, mens hun fortalte. Det kunne godt være, hun ingen ambitioner havde om at være skuespiller, men hendes kærlighed til teatret var der ingen tvivl om.

"Skuespillerne på scenen er kun toppen af isbjerget. Bag ved kulisserne er vi et helt maskineri, der holder forestillingerne i gang."

Hun åbnede døren til en systue. "Se, her er Tove i gang med at tilrette Juliets kjole."

Skrædderen så op fra sit arbejde. "Det gik lige med hiv og sving i aftes. Juliet har næsten Louises kropsbygning, men …" En skygge løb ned over hendes ansigt. "Louise, ja. Hvis jeg får fingre i ham, der gjorde det …" Hendes bevægelse med den store skræddersaks sagde mere end tusind ord.

"Han vil nok foretrække, at politiet finder ham først," sagde Ulla.

"Hvilket minder mig om: Ham den ene af dem – er der noget mellem dig og ham?" spurgte Tove Grete.

"Jens Peter? Han er min kæreste."

"Sig til, hvis du bliver træt af ham." Skrædderen havde strejfet vreden af sig. Hun smilede igen. "Jeg håber, du falder til her. Dit første indtryk er nok lidt speget, men normalt er det et dejligt sted at arbejde.”

”Tak. Og vi tales ved.”

”Lagde du mærke til kjolen?” spurgte Ulla, mens hun førte Grete op ad en snæver trappe.

”Ja, den er flot.”

”Det er virkelig kram, det, som Tove og hendes kolleger laver. Det kan se nok så skrøbeligt ud for tilskuerne, men det skal holde til at blive kastet rundt på scenen aften efter aften efter aften. Og stadig se skrøbeligt ud.”

Trappen endte i en slags gymnastiksal med klaver. I det store værksted ved siden af stod to af de håndværkere, som Grete huskede fra morgenmødet, og sprøjtemalede en skov af juletræsattrapper.

”Det er John og Benny,” præsenterede Ulla.

”Og det er Grete. Vi mødtes i går.” Benny gav hende det mest uskyldige blik. ”Du må endelig fortælle Jensen, at jeg holder mig på måtten fra nu af.”

De stod og smalltalkede lidt, inden Ulla fortsatte rundgangen. ”Her går Hans og Marie og designer udkast til de kommende kostumer.”

Der hang tegninger af kostumer på væggene.

”Tophemmeligt.” Hans trak en flad hånd hen over halsen som en kniv. Alvoren var umiskendelig, selv om han gjorde det med et grin.

”På spejderære.” Grete lagde tre fingre til tindingen.

De gik ned ad trappen igen til det, der lignede at magasin med stålskabe. En mand i en kakifarvet arbejdsjakke stod med hovedet inde i et solidt skab. Da han hørte Ulla, trak han hovedet ud.

”Nå, er det dig?”

”Ole. Hvordan går det?”

”Jo … Pyh, jeg kommer lige fra politiet om det sværd, Louise blev dræbt med. Jeg har det helt dårligt.”

”Nu må du ikke bebrejde dig selv,” sagde Ulla.

”Det var mig, der tog sværdet ned i forgårs. For at pudse det, men jeg kom fra det. Jeg tænker, hvis jeg bare havde hængt det op igen i stedet for at lade det ligge på drejebænken …” Han rystede på hovedet. ”Jeg ved ikke, hvad der skete, men gerningsmanden havde det lige ved hånden til at … ja …”

Ulla befriede ham fra de tunge tanker. ”Det er Grete,” præsenterede hun. ”Rikkes afløser.”

”Hyggeligt.”

”Og du er?” spurgte Grete.

”Ole er et af de genier, jeg fortalte om. Dem, der normalt sidder i værkstedet inde ved siden af og laver *special effects*. Vi kalder ham ikke Ole Opfinder for ingenting.”

”Vi har fået besked på at holde os væk, til de er færdige med at finde spor,” sagde han. ”Så jeg bruger lejligheden til at gennemgå vores arsenal af skydevåben. Vil I se det?”

”Gerne.”

Han trak en skuffe ud af skabet, med en bund af fløjl, hvorpå der lå en rigt forsiret pistol med en svungen hane og metalindlægninger i håndtaget.

”Er den til en sørøverforestilling?” spurgte hun.

”Det er en preussisk flintelåspistol fra attenhundrede-tallet, komplet med ladestok her under piben. Du må gerne holde den.”

Pistolen var tung og næsten umulig at sigte med uden

at bruge begge hænder. Næsten en halv meter lang. Det var ikke et våben til håndtasken.

"Skal det være lidt fikst, har vi lige fået en Walther P.38. Tilbage fra besættelsestiden. Det var den, jeg ville have set nærmere på." Ole trak en anden skuffe ud, med flere mindre pistoler i. De var fra en nyere tid. Små sorte skydere, som taget fra en gangsterfilm.

Han flyttede rundt på dem, stadig mere febrilsk.

"Er der noget i vejen?" spurgte Grete.

"Den, jeg ville vise dig. Den er væk."

Kapitel 9

Juliet boede i en nyopført ejendom i det, der tidligere havde været baggården bag etageejendommene ud til Nørre Allé. Lejligheden var i to etager, med store vinduer ud til forsiden.

”Det ser dyrt ud?” bemærkede Signe, da skuespilleren havde lukket dem ind i en lys entré med trappe til første sal.

Blandt alle de hvidkalkede vægge forekom det Jensen, at Juliet rødmede, og Signe måtte have bemærket det samme. ”Det er bare, fordi jeg selv leder efter et permanent sted at bo her i byen,” tilføjede hun hastigt. ”Foreløbig har jeg fundet et møbleret værelse, men det holder ikke i længden.”

”Jeg får boligstøtte.”

Selv om Juliet åbnede sig lidt, virkede hun stadig genert over sin husleje, og Jensen spekulerede over hvorfor.

Køkkenet var installeret i et hjørne af entréen; bagved førte en dør ud til badeværelset. Stuen var stor og høj og indrettet med sofa og sofabord, spisebord og stole. Trægulvet skinnede rent og lakeret.

Der var langt mere ryddeligt, end Juliet havde antydet på forhånd. Et kunstmagasin lå fremme på sofabordet, og et tæppe lå lidt skævt hen over sofaens armlæn, men det fremhævede kun den generelle orden.

På spisebordet lå der to sæt sammenhæftede papirer. ’Dracula’, stod der på forsiderne. Jensen bladrede i dem. Det var manuskripter til forestillingen. Bestemte replikker var fremhævet med gule og røde highlights.

”Vi øvede sammen hver dag,” forklarede Juliet. ”Louise følte aldrig, hun kunne rollen godt nok.”

”Og du lærte med hende?”

”Richard lod mig falde ind til prøverne somme tider. Han kaldte det mesterlære at lade os andre prøve kræfter med de forskellige roller.”

”Du må have gjort indtryk, siden de lod dig vikariere med så kort varsel.”

”Bente Lyngby havde fået en sms med Louises sygemelding, og hun var i forvejen under pres på grund af Richards suspendering. Hvis vi havde aflyst forestillingen, ville det have lignet en eller anden solidaritetsaktion for ham.”

”Så du tog rollen på dine skuldre.”

Juliet rankede sig, men det så kunstigt ud. Presset lå der stadig, fornemmede Jensen, på hendes spinkle skuldre. Han tog et vy over stuen. En orkidé blomstrede. Akvareller i pastelfarver hang på væggene. En taske eller andre ting, der kunne røbe, at Louise havde overnattet her, kiggede han forgæves efter. ”Sov Louise på sofaen?”

”Nej, ovenpå.” Juliet førte dem op ad trappen, til en repos med skrivebord.

En laptop stod på skrivebordet. En skriveblok lå ved siden af den, med en kuglepen ovenpå.

”Det er Louises ting. Jeg flyttede mine ind i soveværelset her, da hun flyttede ind.”

Døren stod på klem. Jensen kastede et kort blik ind ad den, men det var ikke Juliets ting, de var kommet for at se, men Louises.

Juliet pegede. ”Det her var hendes briks.”

Den stod op ad en halvmur med udsigt ned til entréen. Briksen var betrukket med noget blomsterdekoreret sengetøj og nydeligt redt.

"Det ville ikke have fungeret i længden, men det fungerede lige for en kort periode," sagde Juliet. "Vi havde jo de samme arbejdstider."

En rullekuffert stod ved siden af briksen. Den var ikke låst, men tom, da Jensen åbnede den.

"Hendes tøj ligger i skabet derovre," sagde Juliet.

Ved siden af skrivebordet stod der et højt, hvidt klædeskab med IKEA-mærke på lågen. Bukser og trøjer og undertøj lå nydeligt sammenfoldet på hylderne. På bøjlerne hang der en kjole og en jakke. Jensen løftede op i trøjerne. Han mærkede duften fra en klar flakon med lyseblå parfume. *Moschino*. Navnet ville have sagt Grete mere, end det sagde ham.

"Hvad leder du egentlig efter?" spurgte Juliet.

"Jeg vil gerne vide, hvem hun var," svarede han lidt luftigt. Personlige ting. Bøger, noter, minder. Måske en adressebog med navne, som ikke stod noteret i hendes telefon, selv om sandsynligheden sikkert var lille.

En linjeret kinabog dukkede op under trøjerne. "En dagbog?" Han bladrede i den. Louise havde været flittig til at skrive i den i perioder. Knap så flittig i andre perioder.

Notaterne var skrevet med en energisk håndskrift. De fleste handlede om teatret og den udvikling, Louise havde syntes, hun gennemgik. Lektioner om åndedrætsøvelser, gennembrud i kropsbeherskelse.

Dagbogen begyndte i 2017 og sluttede i marts 2021.

Et sted midti fandt han en notits om, at Walter Richard var ankommet til byen. Derefter forekom det Jensen, at dagbogsnotaterne skiftede karakter. Beskrivelserne af teatret, der før tit havde været tekniske, fik en varm klang.

'Han er fantastisk,' stod der på sidste side, sidste linje. 'Den energi, som jeg før har mediteret mig til, strømmer nu fra hans'

Bogen stoppede der, abrupt, midt i en sætning. Jensen gav dagbogen til Signe, der i mellemtiden havde kigget skrivebordets skuffer igennem. "Hun standsede vel ikke bare med at skrive dagbog, fordi hæftet var fuldt?"

Han løftede op i tøjet igen, men fandt ingen efterfølger.

Da han vendte sig om efter Signe, var hun der ikke mere. Til gengæld hørte han en lyd nede fra underetagen. Der blev skyllet ud i toilettet. En sjette sans gav ham fart på, ned ad den lydløse trappe og hen ad entréen.

Juliet kom ud, smilende uskyldigt.

"Havde Louise sine toiletting stående herinde?" Han gik ind i badeværelset, hvor cisternen stadig brusede.

Efterhånden som vandet faldt til ro i kummen, og overfladen blev blank, opdagede han en strimmel papir, der ikke var blevet skyllet helt ud. Den ene ende stak frem fra vandlåsen. Han stak hånden ned og fiskede papiret op, forsigtigt for ikke at rive det over, og lod det dryppe af.

Det var en indlægsseddel fra noget medicin. Han trak noget toiletpapir af rullen, bredte indlægssedlen ud på det og fik sine læsebriller på. 'Bivirkninger, anvendelse …' Han læste baglæns, op til overskriften.

Oxazepam, hed medicinen.

”Hvad finder du?” spurgte Signe.

”Nervepiller.” Jensens blik faldt på Juliet i døråbningen. Smilet var gået af hende. ”Har du skyllet dem ud?”

Hun trak på skuldrene. Tårer havde afløst hendes uskyldige smil.

”Hvorfor?”

Hendes stemme blev meget lille. ”Louise var så meget andet end dem.”

”Gik hun også til psykolog?” spurgte Signe.

”Psykolog?”

”Jeg fandt denne her i skrivebordsskuffen.” Signe viste hende en pjece.

’Maria Monefeldt, kognitiv psykolog,’ stod der under billedet af en mørkhåret kvinde på forsiden.

”Det … ville hun da have fortalt mig om,” sagde Juliet.

*

Jensen og Signe stod og så efter Juliet, som gik hen ad Vestergade, tilbage til teatret.

En tyndhudet ung pige tynget af sorg, tænkte hans private jeg. ’Og tynget af skyld?’ spurgte hans professionelle alter ego. ”Tror du, hun fortalte os alt, hvad hun ved?”

Signe rystede på hovedet. ”Hun har slet ikke fået Louises død langt nok på afstand endnu.”

”Jeg synes, vi begynder at få et mere nuanceret billede af hende.”

”Af Juliet?”

”Af dem begge vel egentlig.” Han tænkte på Louises piller og på psykologens brochure.

Han klappede på sin skuldertaske, som han havde lagt hendes PC i. ”Måske bliver vi endnu klogere på Louise, hvis vi får åbnet hendes computer. Eller kunne der ligge en dagbog mere et sted, som vi bare ikke har fundet?”

”Hos kæresten måske?”

”Du har ret.” Han ringede til det nummer, som Asger havde givet dem.

Ja, han var hjemme i Thorvaldsensgade, sagde Asger, og ja, de måtte gerne komme forbi, hvis det ikke varede for længe. Han skulle til prøver lige om lidt.

Heldigvis var der ikke langt at gå. Thorvaldsensgade lå mellem Vester Allé og Vesterbrogade, parallelt med et stykke af Aarhus å, der endnu ikke var blevet urbaniseret. Til forskel for caféernes udeserveringer, der prydede åen henne langs Åboulevarden, førte nogle græsbevoksede skråninger ned til det mørke vand.

Jensen pegede hen for enden af gaden. ”Derhenne fik jeg altid min bil ordnet i gamle dage.”

Bilværkstedet var for længst flyttet ud til forstæderne, og Netto-butikken, der havde afløst værkstedet, hørte også fortiden til. Lige som hans tro følgesvend. ”En Morris Marina 1300, årgang 1973, med pneumatisk affjedring. Fantastisk bil.”

”Fantastisk.” Hun øjnede udlejningsejendommene på den anden vejside.

De var ældre, end hans Marina havde været. Asger boede i en af dem, på tredje sal og med udsigt ned til åen.

Der stod to navne ved ringeklokken på navneskiltet uden for opgangen: Louise og Asger. De ringede på, låsen summede, og de gik op ad en slidt trætrappe.

Asger ventede dem ude i opgangen, med hængende skuldre og mørke rande under øjnene. Oven i den sorg, de havde mødt aftenen før, lå trætheden efter det, der måtte have været en søvnløs nat. Søvnløs af sorg eller skyld, tænkte Jensen. Den gamle kyniske tanke, men også en nødvendig tanke for at holde fokus. De kom her ikke for at trøste, men for at samle informationer i en drabssag.

Alligevel kunne han ikke lade være med at føle med den unge mand. Asger burde melde sig syg, tænkte han. "Det må være hårdt for dig at skulle optræde i dag."

"The show must go on."

Jensen ledte forgæves efter tegn på ironi i hans udtryk. Den slidte kliché lod virkelig til at være branchens credo.

"Jeg kan ikke lade mine kolleger i stikken," forklarede Asger.

"Det er meget nobelt af dig."

Asger trak på skuldrene. "Ville det vække Louise til live, hvis jeg sad her og trillede tommelfingre?"

"Sandt nok," indrømmede Jensen.

Der var heller ikke meget plads at sidde og trille tommelfingre på i lejligheden. Faktisk var den så lille, at man skulle være meget nyforelsket for at bo der som par. Det havde Louise og Asger gjort, og det bar lejligheden præg af.

Louise havde kun taget sin PC med og det tøj, der

kunne være i en kuffert, da hun flyttede ud. Her i lejligheden lå der en cardigan hen over den bløde sofas ryglæn som et vagt minde. Blomsterne visnede i to urtepotter i vinduet.

”Da jeg kom i tanker om at vande dem, var det for sent.” Asger måtte have fulgt Jensens blik.

Teaterplakater hang på væggene: Lykke Per, Annie Get Your Gun, Orla Frøsnapper. Anderledes end i Juliets lejlighed fik han fornemmelsen af at være kommet i et skuespillerhjem. På den ene væg var der en stor tom plads, hvor endnu en plakat måtte have hængt.

”Walter Richards opsætning af King Lear i Londons West End,” sagde Asger. ”Jeg rev den i stykker. Det var det, der fik bægeret til at flyde over. Louise påstod, jeg var sygeligt jaloux, og det kan da også godt være, hun havde ret.”

”Det var derfor, du opsøgte hende i aftes, husker jeg? For at gøre det godt igen?”

”Hun skulle vide, jeg havde forsøgt at klistre plakaten sammen igen.” Asger lo. Det lød håbløst. ”Hvis bare jeg kunne have fået hende til at smile.”

Han tørrede øjnene. ”Hør her! Hvis jeg skulle have myrdet nogen, var det ...”

”Walter Richard, ja. Det sagde du i går. Vi kommer heller ikke for at beskylde dig for drabet.”

”For hvad så da?”

”Vi prøver stadig at lære Louise at kende.”

”Hun var dejlig. Enestående.”

”Vi fandt hendes dagbog hos Juliet. Én af dem. Som standser midt i en sætning, så vi gætter på, der må være en mere, som hun fortsatte i.”

”Hun skrev dagbog, ja, men …” Asger så sig om i stuen. Der stod et lille chatol i det ene hjørne. ”Det var der, hun plejede at sidde med den, men jeg blandede mig ikke i, hvad hun skrev.”

”Du læste ikke hendes notater?” spurgte Jensen.

”Hun lod dem i hvert fald ikke ligge her.”

”Ved du, hvad der tyngede hende?”

”Ud over min jalousi?” Han var virkelig i det brøde-betyngede hjørne. ”Hvad tænker du på?”

”Hendes nervepiller?”

”Louise?” Han virrede med hovedet.

”Gik hun til psykolog?”

”Det har så været, efter at hun flyttede ud.”

”Hvor længe havde I været kærester?”

”I næsten et år. Hun nåede at bo her i seks måneder.”

Jensen tænkte på sig selv og Grete. Om det glansbil-lede, man gerne ville vise af sig selv i starten af et for-hold, og de revner, der efterhånden åbnede sig ind til dy-bere lag, hvad enten man ville det eller ej. Men det tog sin tid med revnerne. Måske et helt eller halvt år. Måske længere.

”Har det noget med drabet at gøre?” spurgte Asger.

”Ikke nødvendigvis,” indrømmede Jensen.

”Fordi, som jeg sagde: Jeg skal gå lige om lidt. På ar-bejde.”

”På Filuren.”

Asger blødte op. Næsten mod sin egen vilje, så det ud til. ”Børneteater.” Han hankede op i en sportstaske, som

stod pakket i entréen. "I må gerne se jer mere om i lejlig-
heden. I smækker bare efter jer, når I er færdige."

"Vi følges med dig," besluttede Jensen. Vidner, der
frivilligt overlod deres lejlighed til politiet, havde næppe
noget at skjule.

*

Nede på gaden fulgtes Jensen og Signe med Asger, til
han drejede op ad Vester Allé. De selv fortsatte hen ad
Åboulevarden, med Tinghuset på højre hånd og Magasin
i horisonten.

"Så meget for Louises dagbog," sagde Jensen. "Hvad
mener vi om ham?"

"Asger? Han er skuespiller," svarede Signe. "Men det
kan man vist sige om de fleste af dem, vi har med at
gøre."

"God pointe." Samme pointe, som Grete og han havde
vendt på den irske pub aftenen før.

"Hvis nogen kan lyve troværdigt, må det være dem."

"Tænker du på nogen specielt?"

"Jeg tænker, hvad de piller handlede om, som Juliet
skyllede ud."

"Mon hun her ved noget om det?" Jensen tog den
pjece op af tasken, som Signe havde fundet.

Ti minutter senere gik de hen ad den gamle bykernes
snævre brostensgader. Graven, hvor Maria Monefeldt
havde sin praksis, lå ikke langt fra teatret, og kun et sten-
kast fra Magasin. Dyre sko- og modebutikker viste deres

udbud frem bag nypolerede udstillingsvinduer.

”Her skulle det være.” Han åbnede den tunge dør, og de gik op ad trappen til anden sal.

En frisk ung mand smilede til dem fra sin computer bag ved forkontorets disk.

”Det var mig, der ringede lige før,” sagde Jensen. ”Maria Monefeldt var så venlig at bevilge os en kort samtale.”

”Politi?” Den unge mand gjorde smilet mere alvorligt. ”Hun skulle være klar lige om et øjeblik. Der har vi hende jo.”

En velklædt kvinde i fyrrerne var kommet ud fra et kontor. Hun var i sorte bukser og en løs trøje med en enkel sølvkæde om halsen. Jensen genkendte hende straks fra fotografiet på pjecen, selv om der var kommet nogle grå striber i det mørke hår. Hun talte dæmpet sammen med en yngre kvinde, der så ud til at have grædt, men virkede lettet nu.

Maria Monefeldt gav klienten god tid til at komme ud i opgangen, inden hun henvendte sig til de nye gæster. ”Jens Peter Jensen, går jeg ud fra?” Hun strøg sit hår bag om øret.

”Ja, det er mig, og det er min kollega Rasmussen.”

Psykologen gav dem et fast håndtryk hver. ”Kom indenfor.”

Konsultationen var funktionelt indrettet med tre stole rundt om et lille bord. Vinduet vendte ud til gaden, men kun en antydning af gadens lyde røbede, at der fandtes en verden udenfor.

Maria Monefeldt ryddede en karaffel med vand og

nogle glas til side, men lod æsken med papirlommetør-klæder stå. "Sid ned."

To lysestager stod i vindueskarmen, og et abstrakt maleri hang på væggen. Den sammenfiltrede skulptur på hylden skulle sikkert symbolisere et eller andet. Jensen håbede ikke, at hun ville bede ham om en fortolkning.

For en sikkerheds skyld gik han lige til sagen. "Vi kommer angående drabet på Louise Stuk."

"Det sagde du i telefonen. Hvor frygteligt."

"Vi prøver på at danne os et indtryk af hende."

"Det kan jeg forstå, men hvor kommer jeg ind i billedet?"

"Vi fandt dit navn hos hendes veninde."

Psykologen rynkede panden. "Jeg er vist ikke helt med."

"Juliet Hviid," sagde Signe.

"Åh, Juliet!" Maria Monefeldt holdt sig med det samme for munden, men det var for sent.

Signe havde fanget signalet. "Du kender hende."

"Det tror jeg ikke, jeg bør udtale mig om."

"Fordi hun er din klient?"

Psykologen udstødte en nervøs latter. "Ja, det kom jeg vist til at afsløre, men derfor må I også forstå, at hun er beskyttet af min fortrolighed."

"Jeg ville ikke selv bryde mig om at få mine hemmeligheder udbasuneret," medgav Signe. "Men vi står med en drabssag."

"Er Juliet mistænkt?"

"Med din hjælp vil vi gerne rense hende for mistanke."

"Selvfølgelig." Psykologens kæber arbejdede. Hun

var stadig på vagt, men hendes forsvar smuldrede. "Juliet har kun været hos mig én gang."

Signe huggede til med det samme. "Hvad talte I om?"

"Sceneskræk."

Diagnosen kom ikke bag på Jensen. Han kunne selv have stillet den nede fra tilskuerrækkerne aftenen før.

"Kunne du hjælpe hende?" spurgte Signe.

"Det håber jeg da stadig, at jeg kan," sagde Monefeldt. "Som oftest ligger der helt andre mekanismer bag. Hvor der er en angst, er der den trang, plejer vi at sige."

"En trang til hvad?"

"Til at være perfekt for eksempel. Hos nogle kan ambitionerne kamme over. Men også det har jo som regel en årsag," tilføjede psykologen efter en pause.

"Hvad var årsagen i Juliets tilfælde?" spurgte Jensen.

"Det ved jeg ikke."

Signe lænede sig hen over bordet. "Eller hører det ind under din tavshedspligt?"

Psykologen trak sig helt tilbage mod stoleryggen. "Hun var her kun én gang, og den første forklaring er sjældent den endelige."

"Hvad var den første forklaring?"

"Hun ville vise dem alle, at hun kunne komme til tops."

"Men du tror, der ligger noget andet bag?"

"Det vil tiden vise. Apropos." Maria Monefeldt så på sit ur. "Vi må slutte her. Jeg har vist i forvejen talt over mig."

Hun rejste sig og åbnede døren og gjorde en umisforståelig armbevægelse. Konsultationen var forbi. "Som jeg sagde, er det her ikke noget, jeg plejer at gøre, så jeg vil gerne bede jer om at holde vores samtale fortrolig."

De forsikrede hende om det og takkede og nikkede til den unge mand i skranken på vej ud.

"Du var god til at få hende i tale," sagde Jensen til Signe nede på gaden.

Hun smilede ikke, men han kunne se, det holdt hårdt at lade være. "Havde du forventet andet?"

Jensen var helt stolt af hende. "Er Juliet så ambitiøs, at hun ville dræbe Louise for at få hendes rolle?"

"Havde hun nerverne til det?"

Udstillingsvinduerne spejlede dem som en far og hans forbeholdne datter. Bag den ene rude opdagede Jensen et par kulsorte støvletter, som garanteret ville have fascineret Grete.

Under andre omstændigheder ville han have foreslået Signe at vende deres videre strategi over en kop kaffe på Englen eller en af de andre klassiske caféer rundt om Graven, men det skulle nødig virke, som om han trængte sig på.

Desuden rørte en tidligere bemærkning på sig. "Kan du huske, hvem Asger sagde, han ville have dræbt?"

"Walter Richard, ja. Nu har han fortalt os det to gange. Og?"

"Jeg tænker på den omvendte slutning. Hvem ville fru Richard have dræbt, i fald hun var passende jaloux?"

"Langt de fleste drab bliver begået af mænd."

Han fandt alligevel sin telefon frem.

"Har du hendes nummer?" spurgte Signe.

"Mon ikke Sigurd Petersen har det?"

Kapitel 10

”Og her skulle den have ligget?” Jesper tog bestik af den skuffe med håndvåben, som Ole Opfinder udpegede for ham.

Grete havde tilkaldt Jesper trods Oles protester. Pistolen kunne ikke være stjålet, mente han. Ingen grund til straks at inddrage politiet. Han måtte have forlagt den i farten, og lige om lidt ville den dukke op. Hvis han bare fik lov til at tænke sig om.

Grete havde givet ham fem minutter til det, men ikke mere. Lige rundt om hjørnet var Louise trods alt blevet dræbt med et af teatrets sværd, og hun kunne ikke lide, at der nu manglede et skydevåben.

Det havde ikke taget lang tid at lokke Jesper ned fra første sal, hvor han sad og afhørte teaterpersonalet. Ole var næsten lige så lang tid om at svare på hans spørgsmål. Omsider trak han på skuldrene.

”Ja, det var her, jeg troede den lå,” sagde han endelig. ”En Walther P.38, årgang 1942.”

”Tysk militærpistol fra anden verdenskrig?” spurgte Jesper.

”Lidt som denne her.” Oles hånd gik til en af de andre pistoler, der lå der. En kort og firkantet sag med det, der lignede et ergonomisk håndtag. Sort.

”Ikke røre.” Jesper holdt ham tilbage. ”Jeg kender godt modellen.”

Ole tog hånden til sig selv.

”Var den ladt?” spurgte Jesper.

”Bestemt ikke.”

”Men funktionsdygtig?”

"Det var det, jeg ville have undersøgt nærmere." Den dårlige samvittighed stod penslet på Oles ansigt. "Vi havde først lige fået den ind i forgårs. Som donation."

"Fra hvem?"

"Anonymt i posten. Det sker," skyndte han sig at foregribe Jespers tvivl. "Fra folk, der tror, vi kan bruge ting fra deres gemmer. Jeg ville straks have tjekket med politiet. Vi snakkede om det."

"Hvem?"

"Mig og kollegerne."

"Så pistolen var en åben hemmelighed?"

Ole trak på skuldrene. "Ja, men der var travlt, og den var lige på kanten til at være antik, så jeg tænkte …"

"Havde den et serienummer?"

"Det var filet væk, men skabet er godkendt til opbevaring af skydevåben, og jeg har våbentilladelse."

Jesper så sig om i rummet. "Hvem kan komme ind her?"

"Alle, stort set. Normalt er der ikke låst. Men skabet er selvfølgelig. Vi går med livrem og seler."

Jesper gav skabslågen et kritisk blik. Den var tung og armeret og virkede uskadt. "Hvem har nøglen?"

"Det har jeg selv." Ole fandt et nøglebundt frem og sorterede en sikkerhedsnøgle fra.

"Den vil jeg gerne låne," sagde Jesper. "Findes der kopier?"

"Der ligger en reservenøgle oppe på direktørens kontor, men jeg tror nu aldrig, Bente har taget nogen af rekvisitterne uden at spørge."

"Kan du huske, hvornår du sidst så pistolen?"

”Ikke siden jeg lagde den her. Dagen før premieren.”

”Sidst set i forgårs,” noterede Jesper. ”Louise blev dræbt i går.”

”Jeg håber ikke, der er en sammenhæng?”

”Heldigvis blev hun ikke skudt. Hvis man ellers kan tale om held i den forbindelse.” Jesper rystede på hovedet. ”Lad os foreløbig kalde det et sammentræf. Men dog et bemærkelsesværdigt sammentræf.”

Han låste skabet og takkede Ole og lagde en hånd på Gretes ryg. ”Jeg beder teknikerne om at se på det. Foreløbig må vi hellere forlade rummet.”

Hun fulgte med ham tilbage til værkstedet, hvor han satte Thomas ind i sagen om den forsvundne pistol. ”Finder I noget her?” spurgte han bagefter.

”Der er masser af fingeraftryk på møblerne og på værktøjet, formentlig efter de ansatte, men ingen fingeraftryk på sværdet. Som forventet,” sagde Thomas. ”Kun fnug efter en klud og sulfo, som nogen har tørret det af med.”

”Hvor langt er i nået med analysen af blodet?”

”DNA’et matcher offerets. Både her i værkstedet og på døren ud til Skolegade. Ikke det, der ligner blodspor af gerningsmanden, desværre.”

”Er der nyt om kortslutningen af overvågningskameraet?”

”Elektrikeren kunne ikke finde fejl i systemet, så han er ret sikker på, at relæet blev slået fra manuelt.”

”Udløste det ingen alarmer?”

”Vagterne opdagede, at der var sort skærm ved halvsyvtiden, men gav den ikke lige højeste prioritet op til

premieren. De havde nok at se til omme ved hovedind-
gangen."

"Slået fra manuelt," sagde Jesper. "Så gerningsman-
den er stedkendt?"

"Konklusioner er jeres bord." Teknikeren tillod sig et
glimt i øjet.

"Vi ser frem til flere oplysninger at bygge dem på."
Jesper gav ham nøglen til våbenskabet og tog omvejen
tilbage til sminken sammen med Grete.

Han så sig om blandt spejlene og parykkerne. "Hvor-
dan går det med dit nye arbejde?"

"Fint," sagde hun, men lige da han var gået, dukkede
Rikke Hviid op.

*

I det kunstige lys lignede Juliets mor en stumfilmska-
rakter fra Asta Nielsens tid, med tørt og strittende hår og
sorte rande om øjnene. "Har du set noget til hende?"
spurgte hun uden indledning.

"Juliet? Hun gik ud med Jens Peter og Signe," sagde
Grete.

"Hvorfor det?"

"I forbindelse med efterforskningen, tænker jeg."
Grete gad ikke lade sig forhøre, men svarede så venligt,
som hun efterhånden kunne.

"Nå, men jeg håber, du får glæde af min arbejdsplads."
Halogenspottene fremhævede Rikkes udslidte ansigts-
træk.

Det kunne da godt være, hun følte sig vippet af pinden, men hvis hun bar nag, måtte hun tage det op med Bente Lyngby. Gretes omsorg for hendes forgænger svandt i hvert fald hurtigt ind.

"Et spark bagi, det er, hvad man får ud af at sige sandheden," sagde Rikke Hviid.

"Sandheden? Jeg er vist ikke helt med."

"Nå, nej. Du er politimandens kæreste."

"Hvad snakker du egentlig om?"

"Har du børn?"

"Hvad har det med noget at gøre?" Grete mærkede sin egen vrede boble. Nej, hun havde ingen børn. Det var en kendsgerning, men hun gad ikke længere blive spurgt om hvorfor. Det havde hun prøvet for tit, og det kom ikke nogen ved, og da slet ikke en sur mokke som Rikke Hviid, der teede sig, som om Grete havde stjålet hendes arbejde.

"Undskyld." Omsider forstod Rikke vist, at hun var gået for vidt. Hun lod sig dumpe ned i den første, den bedste stol. "Jeg har ikke sovet hele natten."

"Det er okay," tvang Grete sig til at sige. "Jeg kan godt forstå, du er stresset."

"Det ville du også være, hvis din datter havde gået op og ned ad den mand."

"Walter Richard?" Grete tog en kam fra hylden og begyndte at rede hendes hår, og for en kort bemærkning troede hun, at Rikke Hviid faldt i søvn.

Men bag de lukkede øjne simrede forbitrelsen. "Hele kulturen er syg. Fra toppen og nedefter. Hierarkierne. Hakkeordenen. Unge piger, der lader sig udnytte af skræk for at ryge ud i kulden. Find dig et andet job, Juliet. Hvorfor kan du ikke være … kok eller bibliotekar eller …"

"Frisør?"

For første gang smilede Rikke Hviid. "Juliet er bare så skidehamrende ambitiøs. Hun …"

Der lød stemmer henne fra regien. "Det er Lyngby." Juliets mor rejste sig. "Jeg kan ikke tage den heks."

"Bente? Hun er da helt fin."

"Heldigt for dig, men jeg skrider."

"Nej, vent." Grete handlede, før hun tænkte. Kvinden var både hysterisk og mange andre ting, man ikke måtte sige om sine medsøstre, men fra børn og … ja, tosser, hørte man somme tider sandheden. "Skulle vi tage en kop kaffe?"

"Så lad os gå ud."

*

De gik ud ad porten til Bispetorv. Ud i den lyse verden, som Grete næsten havde glemt over formiddagens mange indtryk fra teatrets maskinrum: dramaet om rollefordelingen, møderne med hendes nye kolleger, mysteriet om den stjålne pistol og til sidst Rikke Hviids tirader.

Solen spillede i brostenene og i de få biler, der rullede til og fra Store Torv. Den fik Domkirkens irrede kobbertag til at skinne højt oppe mod himlen. Ikke mindst løftede den hendes humør.

Et sted fra lød det fjerne ekko af en kamptale på arbejdernes dag. En gruppe mænd marcherede forbi, bevæbnet med et enkelt rødt flag og flere dåseøl. Grete og Rikke fulgte efter dem op ad Mejlgade med dens værtshuse og caféer og økologiske butikker.

Uden for et sted, der hed Ris Ras Filiongongong sad gæsterne ved fortovsbordene og røg vandpibe. Grete spottede et ledigt bord, placerede Rikke på en ledig stol og lånte én mere fra nabobordet, hvor nogle venlige unge sad og grinede over et spil Backgammon.

"Kaffe? The?"

"Latte, tak."

Grete gik ind og bestilte ved baren og satte sig. "Hvad er det for noget med Juliet?"

"Ambitioner. Stjernedrømme. Kald det, hvad du vil. Det er bare ikke sundt."

"Teatret betyder meget for hende?"

"Alt for meget. Hvorfor tror du, jeg tog det forbandede job?"

"Fortæl!"

Rikke fnøs. "For at holde øje med hende, selvfølge-lig."

"Der er vel ikke noget forkert i at være ambitiøs?"

"Hvis man skærer i sig selv, er der."

"Taler du om Juliet?"

"Ja. Som teenager."

Tjeneren kom ud med deres latte, og Grete ventede, til de havde fået hver sin kop. "Som teenager. Men ikke læn-gere?"

"Synet vil aldrig slippe mig. Arrene op ad armene." Rikke illustrerede tre parallelle snit med fingrene. "Som trukket med lineal. Jeg skulle have sat en stopper for det.

Ikke mere teater, men du ved ikke, hvordan teenagepiger kan være."

Noget sukker røg ud på bordet, da hun rev den lille papcylinder op. "Nogle piger vil være håndboldstjerner, Juliet har altid villet spille teater. Lige siden hun var en lille pige. På et stort teater." Rikke kiggede ned ad gaden, for hvis ende Aarhus Teater stadig kunne skimtes.

"Så jeg blev ved med at køre hende til prøverne, selv om alting vendte sig i mig. Torben var skredet, så der sad jeg. Alene med hende."

"Det lyder tungt."

"Og nu, hun så er nået i mål, kan hun ikke styre det." Der gik et ryk igennem Rikke. "Jeg kan godt se, du prøver på at berolige mig, eller … hvad du nu prøver på, men jeg kan ikke sidde her og lege kaffeslabberas, mens min datter går og har det så dårligt."

Hun rejste sig. "Juliet skal ikke blive den næste, der får et sværd i hjertet."

Grete rejste sig også. Op i en sødlig sky af røg fra vandpiberne. Ved nabobordet var de unge holdt op med at spille Backgammon. De grinede heller ikke længere. De troede nok, at begge de to midaldrende kvinder var lige hysteriske.

"Psykopater hele bundtet," sagde Rikke.

"Bliv nu bare siddende."

Til Gretes lettelse faldt hun da også ned i sin stol igen. Udmattet efter sit udbrud, men bekymringerne var de samme. "Du er ny, men tro mig, når jeg siger det. Jeg kender dem. Skuespillere! Jeg har selv været der."

"Har du selv været skuespiller?"

”Ja, i mine unge dage. *Åh, Romeo! Det var nattergalen, ikke lærken.*”

”Det lyder som Shakespeare?”

”Hans blodbad på scenen er det rene vand sammenlignet med dem bagved. Når knivene bliver trukket op af ærmerne.”

*

Filmby Aarhus havde været en fritliggende glasbygning engang. Den høje glasfacade var der stadig, men bygningen lå ikke længere helt så frit, som den engang havde gjort. Sydhavnen voksede, og nabobygningerne rykkede tættere på.

Wardour Street Productions Ltd. (Danmark), stod der på et af skiltene ved indgangen. ”Det er Karla Richards firma,” sagde Jensen.

Andre lignende firmaskilte signalerede kreative erhverv: marketing, design, IT.

Jensen nåede at holde døren for Signe, inden han fik anfægtelser over den indgroede gestus. Hun skulle nødig tro, han chikanerede hende med sin høflighed.

De tog trappen til første sal og gik de ind i et lyst kontorlandskab med højt til loftet. Enkelte kontorer lå adskilt bag glasvægge, men hovedparten af skrivebordene stod i klynger i fælleslokalet, udstyret med hele batterier af PC'er.

Før Jensen fik orienteret sig nærmere, dukkede en langhåret kvinde i fyrrerne op, hvis professionelle smil matchede hans indtryk af Karla Richard i telefonen.

"Så fik man fint besøg." Hun var lige så høj som han, klædt i et maskulint jakkesæt, og hendes håndtryk var muskuløst. "Politiet. Og det handler ikke om en parkeringsbøde, forstår jeg?"

"Det er desværre mere alvorligt end det," sagde Jensen.

Hun blev da også passende alvorlig. "Louise Stuk, ja. Hun var en fin pige."

"Kendte du hende?"

"Jeg mødte hende på teatret og så igen til en kop kaffe for nogle uger siden. Men værsgo. Lad os gå herop."

Karla Richard styrede dem hen til en af de åbne platforme, som lå hævet op over gulvplan. Der var et mødebord med termokande og krus og med seks stole omkring, et whiteboard og en overheadprojektor.

Udsigten var forrygende. Uden for bygningens glasfacade lå Sydhavnen badet i lys, med dens traditionelle kornsiloer og med vandet i baggrunden. Neden under gelænderet kunne Jensen se, at en af de moderne funktionærer på gulvet var ved at blive tyndhåret i toppen.

"Sid ned. Kaffe?" Karla Richard betjente termokanden med en smeds håndelag.

Jensen tog stikordet op. "Du mødtes med Louise til kaffe?"

"Det ville have været uprofessionelt andet." Hun fyldte krusene. "Det handler om at spotte talenterne, før konkurrenterne gør det, og Louise kunne være nået langt. Bortset fra det kunne jeg godt lide hende."

"Er du talentspejder?"

”Agent. Med base i London.”

”Wardour Street,” sagde han. ”Soho?”

”Det er der, mine folk sidder. I det, man kalder West End. Er du kendt i London?”

”Det er vist så meget sagt. Min kone og jeg – min afdøde kone og jeg så en musical der for lang tid siden. *Phantom of the Opera* af ham komponisten, der var så berømt? I halvfemserne må det have været.”

”Gode gamle Andrew. Vi arbejdede sammen med ham nogle år senere. På en genopsætning af Les Miserables.”

Andrew Lloyd Webber. Der var navnet. ”Og nu er du flyttet til Aarhus?”

”Jeg greb chancen til at se mig om, da Trine lokkede Walter til AT. Så længe det varer.”

”Du tænker på hans suspendering?”

”Indtil andet er bevist, går jeg ud fra, han er uskyldig.” Karla Richards ansigt strammede til. Jensen kunne levende forestille sig, at hun var en skrap modpart at skulle forhandle med.

”Ellers kan han godt se sig om efter en anden partner,” sagde hun, ”og det ved han. Jeg skal ikke være den, der punger ud.”

”For hvad?”

”Se, hvad det kostede Kevin at lade sig bagtale. Tiderne skifter, og priserne stiger, og det gør Walters stjerne ikke længere. Undskyld jeg siger det, men Aarhus var ikke vores første valg, hvis der havde været bedre tilbud.”

Signe kom frem i stolen. ”Taler du om at købe ofrenes tavshed?”

Hendes vrede så kun ud til at more Karla. ”Nu om dage skal man endda høre anklager fra fra dem, der fik rollen. Som om der ikke skulle to til en ild.”

Signe var lige ved at give hende tørt på, men Jensen afbrød, før Karla Richard fik held med at afspore deres ærinde. ”Så du er sikker på, at din mand ikke havde en affære med Louise Stuk?”

Hun mønstrede ham oppefra og ned. ”Prøver du på at beskylde ham for drabet?”

”Sådan arbejder vi ikke,” sagde han.

”Eller spørger du i virkeligheden, om *jeg* var jaloux?”

”Var du?” spurgte Signe.

Karla Richards latter fik IT-nørderne på gulvplan til at kigge op. ”Nej. Desuden var jeg til møde i London i går og kom først hjem her til morgen. I kan tjekke med SAS, hvis I vil.”

”Hold op, det lød råddent,” sagde Signe, da de trådte ud i solskinnet igen. ”Som om det var pigernes skyld, hvis Richard udnyttede dem.”

Karla Richards vinkling af sin mands affærer havde været usædvanlig, medgav Jensen. Omvendt tvivlede han ikke på hendes alibi, men ringede for en god ordens skyld til Lea på Politigården.

”Mon du kan høre SAS, om Karla Richard var på deres fly fra London her til morgen?”

”Jeg skal prøve,” lovede sekretæren. ”Jesper spurgte i øvrigt efter jer. Han vil gerne have Signe med til at afhøre nogle af de kvindelige skuespillere.”

Kapitel 11

Jensen fulgtes med Signe tilbage til teatret, hvor hun skulle mødes med Jesper. Han selv undte sig en kort alenestund, den første siden morgenparolen.

Han fandt en ledig bænk bag ved Domkirken, hvor storbytræerne var begyndt at springe ud i deres enklaver mellem brostenene, vendte ansigtet mod solen og fandt sin telefon frem. Bænken stod ikke langt fra teatret, men alligevel skjult for nysgerrige blikke. Det var et godt sted at ringe til Grete fra, uden at hverken hendes eller hans kolleger lyttede med. Det viste sig, at han kunne springe sit opkald over.

Grete kom selv gående henne fra Mejlgade. ”Jeg syntes nok, det var dig.”

Jensen rejste sig. ”Skulker du fra dit arbejde?”

”Så er vi måske lige gode om det?”

”Jeg tænkte, om vi kunne snige os til en hurtig frokost sammen?” Idet han sagde det, rumlede hans mave af sult. En duft af friture havde ramt ham. Fra restauranten Olinico måske, hvor de solgte nogle fantastiske *moules frites*.

”Jeg tror, de har en café på KØN?” Hun vendte sig om efter bygningen på Domkirkepladsens modsatte side, hvor det tidligere Kvindemuseet havde skiftet navn og sigte.

”God idé, men …”

”… men du er for kønsforskrækket?”

”Koster det ikke entré?”

”Jeg er medlem af KØN klub,” sagde Grete. ”Så jeg må tage en ledsager med gratis.”

Selv om caféen var velbesøgt, fandt de et ledigt bord. "Der var vi heldige." Hun satte sig.

"Gud holder hånden over de elskende," mumlede Jensen.

"Ham plejer du da ikke tro på."

"Jo, når han opper sig. Hvordan har du det med krænkelser?"

"Hvad mener du?"

"Jeg mener, hvor tæt jeg kan tillade mig at sætte mig på dig."

"Det kommer an på dine hensigter."

"Signe gjorde mig det klart, at jeg ikke skulle komme for godt i gang i aftes."

Grete rykkede væk fra ham. "Hvad gjorde du ved hende?"

"Ikke noget." Bemærkningen om Signe havde kun været ment som en morsomhed, men pludselig følte han sig genert. "Skal vi se, hvad der står på menuen?"

Menuen viste sig at stå på vegetarisk grøntsagstærte med salat og surdejsbrød til hende og en platte med unika ost og vildsvinesalami til ham. Dertil oliventapanade, soltørret tomat og ligeledes surdejsbrød.

"Meget klassisk indretning." Jensen pegede på rækkerne af porcelænskopper og -kaffekander bag ved disken.

"Meget klassisk, ja, men du afleder fra emnet. "Hvad gjorde du ved Signe?"

Det kunne da godt være, at museet nu om dage henvendte sig til alle køn, men Jensen følte op til flere kvinders øjne rettet på sig. "Jeg synes, de lytter med."

"Du er bare paranoid."

Han sænkede alligevel stemmen, mens han fortalte om deres møde med Richard på Studio scene aftenen før og hans faux pas, som åbenbart var faldet Signe for brystet.

Grete lyttede alvorligt, selv da han forsikrede hende, at Signe og han havde haft en udmærket formiddag sammen. På forhånd havde han ellers forventet, at hun ville lette hans ubehag med et fnis og et klem.

I stedet blev det til en advarsel. "Husk nu på, at hun er ung, og du er gammel."

"Hvad så den dag, vi har med en rigtig voldsmand at gøre? Skal jeg lade hende tage krydsilden? Ville det være mere høfligt nu om dage?"

"Lad nu være med at blive patetisk, Jens Peter." Omsider gav hun alligevel hans hånd et klem. "Bare husk, at tiderne skifter."

"Det var sjovt nok også det, Karla Richard sagde. Instruktørens kone og impresario. Eller hedder det impressaria, når det er en kvinde?"

Hun overhørte den lille sproglige morsomhed. Så var den sikkert heller ikke sjovere. I stedet koncentrerede hun sig om sin tærte, og han spiste af sit vildsvin.

"Hvordan går det på teatret?"

Grete nippede til sin iste. "Jeg går ud fra, du har hørt om den stjålne pistol?"

"Nej?"

"En rekvisit. Som Jesper sagde, var det jo ikke den, Louise blev dræbt med. Og så alligevel." Grete sænkede gaflen. "Jeg tænkte på den igen, da jeg talte med Rikke

Hviid lige før. Hun mener, at knivene sidder løst i ærmerne blandt skuespillere."

"Og det samme kunne pistoler gøre?"

"Hun gjorde sig tanker om Juliet og hendes ambitioner. Hun siger, de har det med at gå over gevind."

"Mistænker hun Juliet for drabet?"

"Hun er bange for, at Juliet skal blive det næste offer."

Jensen tyggede af munden. "Hvad ambitionerne angår, ved Juliet godt selv, hun har et problem."

Han fortalte om deres besøg hos Maria Monefeldt, psykologen. "Og lur mig, om Juliet ikke selv tager de piller, hun påstod var Louises. Kan du huske, hvor nervøs hun var på scenen i går?"

Grete nikkede. "Det kan ikke være sundt."

Han tog en slurk af sin alkoholfrie øl, passende til en politimand i tjeneste. "Godt arbejde med Rikke. Der er ikke noget at sige til, mine kolleger opfatter dig som freelancer."

"Nogle af mine tror vist, jeg er politispion."

"En rigtig Bond-babe?"

Det indbragte ham et spark under bordet, men også et smil. Så ringede hans telefon. Det var Christine, hans datter.

"Far? Det brænder lidt på her." Christine var i forvejen ikke én, der hviskede. Oven i købet hævede hun stemmen for at overdøve barnegråd i sin baggrund. "Anton og Freja har kolik igen."

"Åh nej. Stakkels dem," sagde han. Og stakkels ham selv, tænkte han, for det var ikke svært at regne hendes dagsorden ud.

”Jeg havde ellers bestilt barnepige,” sagde Christine, ”men det går slet ikke. Hun er kun fjorten år.”

”Jeg er tres,” følte Jensen for at sige. Godt og vel tres. Når det handlede om hans meninger, plejede hans datter hurtigt at affeje ham på den konto.

Som babysitter kunne han åbenbart godt stadig bruges. Han elskede da også sine spæde børnebørn, men at passe to koliktvillinger på én gang havde han prøvet før. Én gang og den ene gang for mange.

”Jeg skal nok selv blive hos dem,” sagde Christine til hans overraskelse og lettelse. ”Problemet er, jeg havde lovet Kir og Line at gå i teatret med dem. Jonas skulle også med. Han er her hos os, og vi har købt billetter på nettet. I skal ikke andet end bare hente dem og hygge jer.”

”Hvad slags teater?”

”Filuren. I Musikhuset.”

Jensen kiggede på Grete, der havde lyttet med. Han lagde en hånd for telefonens mikrofon. ”Hvad siger du til at se Asger på scenen?”

”Sammen med rollingerne? Det lyder hyggeligt.”

”Top, Christine. Forudsat, du også kan skaffe en billet til Grete.”

*

”Du kan godt være lidt sart, men vi skal nok være gode ved dig,” sagde Kir.

”Det siger mor, vi skal være,” sagde Line.

Det var deres fætter Jonas, kusinerne talte ned til fra

hver sin selepude på bagsædet af bilen. Fætter Jonas, der var lidt yngre end tvillingerne, havde fået pladsen i midten. Alle tre havde stået nydeligt klædt og kæmmet i Christines indkørsel, da Jensen og Grete ankom.

Jensen blinkede til sin sønnesøn i bakspejlet. Jonas var Martins og Cecilies søn og mere stille af væsen end Christines tvillinger. "Spiller I selv teater i børnehaven?"

"Ja, til forældreaften," sagde Kir på hans vegne.

"Jeg var prinsen," sagde Line.

"Og jeg var den onde dronning," sagde Kir.

"Sådan må vi ikke sige."

"Jo, vi må. Bare ikke om de små dværge."

"Jeg var svinedrengen i syvende klasse," sagde Jensen. "Eller svinepersonen, hedder det vist?"

Grete puffede til ham hen over midterkonsollen. "Det var du heller ikke."

"Men jeg ville gerne have været det, så Grete kunne kysse mig."

"Ih altså, morfar," sagde Line.

"Så skulle du jo have været frøen," sagde Kir.

De havde hentet rollingerne i Egå og ankom foran Musikhuset i god tid, og Jensen var så heldig at finde en ledig bås på parkeringspladsen udenfor.

Børneteatret Filuren holdt til i en af de mindre sale bag ved Musikhusets store scene. Salen var moderne, men hyggeligt indrettet under det lave loft. Jensen fik Jonas til den ene side; Grete satte sig mellem tvillingerne.

Rollingerne klædte hende mere, end hun selv vidste. Gretes træk blødte op, når hun var sammen med dem, og til hans glæde sendte hun ham ligefrem et luftkys i salens dæmpede belysning.

Rundtom fyldtes rækkerne med andre børnefamilier. Sammenlignet med voksenforestillingerne på Aarhus Teater var der helt anderledes liv over det unge publikum, ikke mindst da lyset slukkedes, og forestillingen begyndte.

”Farfar?” Jonas holdt sin slikpose hen til Jensen. ”Du må gerne tage et stykke.”

Det var til at blive helt glad af. Jensen pjuskede op i drengens hår. I samme øjeblik dukkede Asger op på scenen, klædt ud som pirat og med en støvleklædt fod på en skattekiste fuld af guldmønter.

”Det er skatten.” Jonas’ øjne skinnede.

”Pas på!” råbte han kort efter, da den onde konges onde oberst gik til angreb, og han var ikke den eneste, der levede højlydt med i forestillingen.

Asger gjorde det godt som pirat. Han duellerede både på sværd og pistol og havde det unge publikum i sin hule hånd. På et tidspunkt var Jensen sikker på, at skuespilleren fik øje på dem i salen, men selv da faldt han ikke ud af rollen. Dagen efter Louises død var det, som om han havde krænget sin private ham af sig og for en stund blev helten i stykket.

*

”Han var god til at fægte,” sagde Jensen, da skuespillerne havde taget imod klapsalverne tre gange, og lyset omsider tændtes igen i salen.

Jonas sad stadig med store øjne.

"Det var skægt. Skulle vi gå i teatret en anden gang?" spurgte Grete og høstede jubel.

De fulgtes med strømmen af børnefamilier op ad trapperne til garderoben. Til højre, i den store forhal, viste storskærmene trailere til Musikhusets kommende forestillinger. Fra den anden side duftede der af mad.

Jensen så på sit ur. "Er der andre end mig, der er sultne?"

De gik hen i caféen, et adskilt, men åbent område i nærheden af garderoberne, og fandt et ledigt bord. Pigerne kunne lige netop nå op til deres tallerkener, når de sad på numsen. Jonas trak knæene op under sig på stolen for at komme højt nok op.

"Spaghetti bolognese?" foreslog Jensen.

Det protesterede selv tvillingerne ikke imod, og Grete hjalp med at bære maden hen til bordet på store bakker.

"Så kan det næsten ikke blive mere hyggeligt," sagde han, da pastaen var spist. "Meeen mangler der ikke et eller andet?"

"Dessert," var rollingerne ikke i tvivl om.

"I kender ham for godt," grinede Grete.

Lige da han betalte for fem gange bananasplit, opdagede han Asger, der kom ud fra Filurens gang. I sminke og scenekostume havde Asger været indbegrebet af en helt. Her bagefter i jeans og trøje var hans ansigt blegt igen. Og trist. Hans skuldre hang så lavt, at sportstasken i hans hånd næsten kradsede hen ad gulvet.

Jensen bar de fem dessertskåle over til bordet.

”Er der sket noget?” Grete måtte have bemærket rynkerne i hans pande.

Han smilede. ”Du kender mig også for godt.”

”Hvad så?”

”Jeg gør mig bare tanker om ham der.” Jensen gjorde et diskret kast med hagen over til det sted, hvor Asger nu havde stillet tasken fra sig.

Jonas havde øjnene med sig. ”Det er piraten.”

”Skal vi gå hen og hilse på ham?”

Jonas troede vist, hans farfar gjorde sjov, men Jensen tørrede en rest af pastasauce fra drengens kind og løftede ham ned fra stolen.

”Vores bananasplits løber såmænd ingen vegne. Hvad med jer, piger? Vil I med hen og hilse på Asger?”

”Så kan det også være, han bliver gladere,” hviskede han til Grete.

Hun grinede. ”Du tror, hele verden er lige så glad for dine børnebørn, som du selv er.”

”Han må da være glad for at møde sine fans, men vi må hellere skynde os.”

Hvilket var lettere sagt end gjort. Andre gæster havde fået samme gode idé med at spise aftensmad på caféen efter forestillingen, så det tog sin tid at manøvrere den lille flok ud mellem bordene.

Jensen frygtede næsten, at de ville komme for sent, men Asger stod der stadig. Bare ikke længere alene. Og han behøvede vist ikke rollingerne til at løfte sit humør.

Tværtimod havde han ranket sig, og hans ansigt var lyst op. Han smilede til den unge kvinde, som kom ham i møde. De bredte armene ud begge to og smeltede sammen i et inderligt knus. Kind mod kind.

Jensen standsede rollingerne med en armbevægelse.

"Hvad står vi her for, morfar?" spurgte Kir.

Inden Jensen fandt på en passende forklaring, opdagede Asger dem, og Juliet fulgte hans blik. Som taget på fersk gerning, slog det Jensen, da de hurtigt trådte væk fra hinanden.

Juliets øjne gik ned til rollingerne og så til Grete. "Jeg vidste ikke, du havde … børnebørn?"

"Det er Jens Peters rollinger," sagde Grete, men så alligevel stolt ud. "Nogle gange må jeg godt være med til at låne jer, ikke også?"

"Min datter havde købt billetter," forklarede Jensen, før Asger skulle tro, at han kom her som politimand. "Og det var heldigt, for vi syntes, du var god."

"Sygt god," sagde Jonas.

Asgers smil fik nyt liv. "Det er jeg glad for at høre."

"Jeg skal også være skuespiller," sagde drengen.

"Spændende."

"Vi øver på Robin Hood i børnehaven. Men farfar? Det er en hemmelighed, til de sender invitationen ud."

"En hemmelighed? Den skal vi forsvare." Asger gik i karatestilling. "Mod hvem?" Hans overkrop roterede, og hans øjne afsøgte foyerens kroge efter usynlige fjender.

Jonas fnisede, men trykkede sig alligevel tættere ind til sin farfar.

"Jeg tror, din hemmelighed er i gode hænder hos Asger," sagde Jensen. "Tror du ikke nok, vi kan stole på ham?"

Asger rettede sig op. "Det håber jeg også, du selv mener," sagde han mere alvorligt.

"Vi ville ikke forstyrre." Grete gav Juliet et knus, men Jensen forstod, at budskabet var møntet på ham. "Vi ses til prøverne i morgen, Juliet. Jeg glæder mig til at se dig på scenen."

"Ja, det …," Juliet smilede usikkert, "… gør vi nok."

Kapitel 12

Christine så træt ud, da Jensen og Grete en time senere afleverede Kir og Line i Egå. Omsider var babyerne faldet i søvn, fortalte hun, og det samme trængte hun til, så hun inviterede ikke bedsteforældrene indenfor.

Hos Martin og Cecilie fik de en hurtig kop kaffe, mens Jonas fortalte om piraten. ”Vi snakkede med ham, og ved du hvad, mor? Han kendte godt farfar.”

Jensen smilede, da de kørte ind mod Risskov igen. Men den lille drengs begejstring havde også bragt nogle spørgsmål op. Han følte ikke selv, han kendte hverken Asger eller Juliet særligt godt, og mødet uden for Filuren havde overrasket ham. ”Vidste du, at Asger og Juliet var så tætte sammen?” spurgte han Grete.

”De færdes vel i de samme kredse.”

”Jeg tænkte, om de var mere end bare venner.”

”Han har mistet sin kæreste. Hun har mistet sin veninde. Der er vel ikke noget at sige til, de finder trøst hos hinanden.”

”Det er jo heller ikke noget at skamme sig over.”

”Netop.”

”Så hvorfor rykkede de så hurtigt væk fra hinanden, da vi dukkede op?”

”Kommer deres privatliv dig ved?”

”Louises veninde og Louises kæreste.”

”Du får det til at lyde som en konspiration,” sagde Grete. ”Men tag lige og tænk på dig selv, da Gregers døde. Du var hans ven, og jeg var hans forlovede, men gjorde det os til mordere, at vi fandt sammen bagefter?”

”Selvfølgelig ikke.”

”Nej, vel? Kun i din egen dårlige samvittighed. Kan du huske, da Madsen så os gå hånd i hånd på stranden?”

Jensen blev næsten lige så genert igen, som da han dengang havde opdaget, at den lokale politimand, der efterforskede mordbranden i Rinkenæs, holdt øje med dem. Og næsten lige så varm ved at genkalde sig deres første forelskelse.

Dengang havde det været sommer. Nu var det forår. Årstiden for nye forelskelser. Han kiggede ud over det flade landskab. Ude i vest rødmede himlen, og gadelygterne langs Grenåvej havde den særlige klarhed, som kun majaftener var i stand til at fremtrylle.

”Det er heller ikke for at beskylde dem.” sagde han lidt undvigende. ”Jeg kunne godt lide Asgers facon over for Jonas.”

Grete tog hans hånd over håndbremsen. ”Og så er du solgt.”

Jensen smilede. Alligevel var det svært at løsrive sig fra de spørgsmål, der havde meldt sig. ”Lagde du mærke til, hvor forbeholden Juliet lød, da du talte om prøverne i morgen?”

”Det må være sin sag at overtage hovedrollen efter en død veninde,” sagde Grete.

”Lige som at overtage den døde venindes kæreste?”

”Nu ikke mere i den rille.”

”Nej.” Han tav, mens bilforhandlernes reklamer gled forbi i vejsiden. Det ændrede bare ikke på, at Louises død havde foræret hovedrollen til Juliet.

Formiddagens tvetydige følelser nagede ham igen. Juliet var et meget sammensat væsen. Ambitiøs til det neurotiske. Sceneforskrækket og skrøbelig. Men ikke helt ærlig.

De var drejet fra hovedvejen og ud på de lille stykke ubebygget land i udkanten af Egå Engsø, inden Grete selv tog tråden op. "I øvrigt har jeg svært ved at forestille mig Juliet som en dræber med sværdet i hånden."

"Det er nok mere Asgers gebet."

"Jeg synes, du er langt ude." Instrumentbrættets lys trak Gretes ansigtstræk op. "Desuden stod Juliet slet ikke til at få rollen til at begynde med."

Jensen blev lydhør. "Hvem så?"

"Amanda. Men sådan kunne du blive ved," sagde Grete. "Der sker alle mulige omrokeringer nu. Gerhard får Richards job."

"Interessant."

"Ikke på den måde, som du tror."

"Nej …" Byskiltet fik liv, da han satte det lange lys på. Fem minutter senere rullede han bilen ind i garagen derhjemme.

"Jeg beskylder hverken Asger eller Juliet for noget. Jeg prøver bare at holde mit sind åbent." Han slukkede motoren og steg ud og skyndte sig rundt om bilen for at hjælpe Grete ud.

"Du har nu altid været så galant," sagde hun lidt spidst.

Endnu brændte lyset i vinduerne rundt omkring, men det ville ikke vare længe, før sommeren gjorde lamper overflødige. Der var stille i kvarteret. Kun en enkelt solsort kaldte fra genboens høje birketræ.

"Tre dage til fjerde maj," nåede Jensen at sige. "Til de

lyse nætters tid," nåede han ikke at sige, for han fornem-
mede en bevægelse ovre hos Løndals.

"Velkommen hjem." Naboen trådte ind i lyskeglen
under den nærmeste gadelygte. "Vi så jer komme hjem
og ville sige tak for i går. Selv om det blev en kort fornø-
jelse."

"Jeg er ked af, det blev på den måde," sagde Jensen.

"Det skal du ikke tænke på, men har I lyst til at ind-
hente det forsømte? Vi sidder lige og indvier vores nye
gasvarmer omme på terrassen."

Jensen sukkede indvendig, men Grete gav hans hånd
et klem, og Løndal var ikke typen, der helmede, før han
fik sin vilje. De kunne lige så godt se at få den visit over-
stået.

*

"En ny terrassevarmer?" sagde Grete. "Den må vi da
se, Jens Peter."

Hun smurte lovlig tykt på efter hans smag. Gretes fal-
ske begejstring snød ikke Jensen. I virkeligheden var hun
bare venlig.

Men den snød Hans Løndal. "Sådan kan vi lide det."

Han strålede af glæde, og det samme gjorde Mette
Løndal, da han dukkede op med gæsterne. "Det er vel nok
hyggeligt at have dig i kvarteret," sagde hun til Grete.
"Jensen kan godt være svær at lokke ud af sin hule."

Og med god grund. Jensen vidste kun for godt, hvad
der normalt lå bag, når naboen blev ivrig. Som oftest

havde det med huset og haven at gøre, der begge to lignede glansbilleder fra Plantoramas reklamer. På en pæn andenplads kom Løndals engagement i byens kriminalsager. Gerne dem, som Jensen havde med at gøre.

En storskærm kørte på lydløs i stuen. Jensen genkendte Lars Henning, der blev interviewet uden for Politigården, i et båndet indslag, hvor solen stadig skinnede. Fra tid til anden blev der klippet ældre billeder ind af politibiler foran Aarhus Teater fra aftenen før.

"Her troede vi, Dracula var uhyggelig, men pludselig står vi midt i et mord, haha." Løndal stak en albue ind i Jensens ribben.

"Pas nu på dit blodtryk, Hans." Mette rullede med øjnene. "Skulle du ikke hellere have gang i den gasvarmer?"

"Jo, lad os gå udenfor."

De fulgtes ud på terrassen, der var pinligt fri for selv det mindste ukrudt. Pyntelige lanterner indrammede den, og terrassevarmeren tårnede sig op over et havebord med fire glas, en flaske og snacks. Han klikkede på tændemekanismen, og flammen tog fat med et stille hvæs.

Mens varmen bredte sig, åbnede han flasken og skænkede op i glassene. "Moselvin fra vores ferie sidste år."

Han delte glassene ud og skålede. "Sid ned! Gæsterne skal have udsigten."

Det var udsigten til haven, han mente. "Tulipansæsonen er jo næsten forbi, men alligevel. Hvad siger du?"

Lige nu havde de lukket sig for aftenen, men spejlede stadig lyset fra lanternerne. Bag ved ligusterhækken fangede Jensen et glimt af sin egen husgavl, der altid så lidt lurvet ud sammenlignet med Løndals perfekte ejendom.

Heldigvis kunne man ikke se haven, hvor Jensen endnu ventede med at slå sin græsplæne i det nye forår. Vanen tro havde Løndal allerede været ude med negle-saksen for at trimme hvert et græsstrå.

Han var også ude efter klassificeret materiale. ”Det er jo meget lidt, dine kolleger fortæller for åbent kamera, men I må da have en idé om gerningsmanden?”

Mette tændte nogle stearinlys med en elektrisk stav-lighter. ”Nu ikke mere krimisnak, Hans.”

Formaningen missede sit mål. ”Holder I ikke bare op-lysningerne tilbage, så gerningsmanden kan føle sig sik-ker og gå i fælden?” borede han videre.

”Det afhænger af sagen.” Jensen var ikke meget for at vende politiets procedurer med naboen. Og da slet ikke midt i en verserende efterforskning.

Løndal bød en skål med peanuts rundt. ”Var det ikke ham stjerneinstruktøren, der gjorde det?”

Så måtte Jensen alligevel blive mere direkte. ”Det ved du godt, jeg aldrig udtaler mig om.”

”Han er i hvert fald ikke særligt populær hos damerne længere.” Ud fra den sikkerhed, Løndal udtalte sig med, kunne man have troet, han dagligt færdedes i Richards inderkreds.

”Hvad mener du med ’ikke længere’?” spurgte Grete.

”Var han ikke sådan en, de alle kastede sig om halsen på? Indtil det pludselig blev moderne at fortryde? Mitu og alt det der.” Han gav Jensen et stød med albuen. ”Det er vist godt, man blev pensioneret i tide.”

”Der var da ingen, der kastede sig om halsen på dig,”

sagde hans kone.

”Nå, så det?” Han puffede til Jensen. ”Lidt sjov skulle der vel også være plads til.”

”Sjov for hvem?” Gretes tone lovede ikke godt.

”Ja, på værkstedet. Mere vin?” spurgte Løndal, tonedøv som han var.

Jensen holdt en hånd over glasset. ”Åh, tak som byder, men vi skal tidligt op i morgen. Hvad siger du, Grete?”

”Jeg siger, det er en fortærsket stereotyp, at vi kvinder gerne vil gramses på.”

*

”Prøv nu lige, at ...” Jensen låste døren op til sit eget hus. Til *deres* hjem, hed det jo nu. ”Det var jo ikke det, han sagde.”

Grete dampede forbi ham ind i entréen. ”Men det var det, han mente.”

Jensen tændte lyset. ”Vel ikke mens hans kone lyttede med.”

”Han skal bare ikke sidde der og være smart på Louises bekostning.”

”Jeg tror, han fattede pointen.”

”Løndal? Han er dum som en dør.”

”Det har vi da altid vidst. Et gammelt nokkefår.” Omsider havde Grete vist også fattet hans pointe. Jensen tog sin jakke af og hængte den på knagerækken. ”Derfor kan det heller ikke nytte at spilde mere krudt på ham.”

”Og ved du, hvad du er?”

Ikke noget godt, kunne Jensen regne ud.

”Konfliktsky.”

”Den sad.”

”Det var også meningen.” Hun rettede skytset mod ham. ”Hvordan har du overhovedet kunnet klare dig i politiet så længe?”

”Jeg prøver på at skille mit privatliv fra jobbet.” Hvilket kunne være svært nok. ”Må jeg tage din frakke?”

Hun gav den til ham og gik ind i stuen.

”Men jeg er stolt af dig for at stå ved dine principper,” sagde han efter hende.

”Så har du en sjov måde at vise det på.” Hun så sig om i stuen, som om hun kom der for første gang. ”Hvad er det egentlig for møbler, du holder dig?”

”Min lænestol?” Det var hans yndlingslænestol til at se fodbold i.

Hun satte sig demonstrativt i sofaen.

”Okay,” sagde han. ”Undskyld for at bryde op så hurtigt. Jeg skulle have givet dig mere tid til at skælde ham ud.”

”Ja tak.”

”Men et eller andet sted var det jo ikke *helt* forkert, hvad han sagde om affærer på arbejde.” Jensen citerede Karla Richard. ”Der skal to til en ild.”

”Tango.”

”Netop. Og hvis jeg må være så fri, har der altid været kvinder, der gjorde sig til for de farlige mænd.”

”Ikke for dig, kan jeg regne ud.”

”Brian, der stjal knallerter, *han* var sådan en, pigerne rendte efter i skolen.”

"Jeg gjorde da ikke."

"Du er heller ikke hvem som helst. Du har haft din egen butik …"

"Det har jeg da stadig," sagde Grete. "Men jeg kunne aldrig drømme om at tage mig friheder over for en ansat, bare fordi jeg var chefen."

"Nok ikke." Jensen satte sig i den anden ende af sofaen. "Men ville der ske noget ved at give Gurli et knus?"

"Ja, hvis hun ikke ville have det."

"Klart. Men det *er* blevet mere vanskeligt at navigere."

"Hold fingrene for dig selv, og så er den ikke længere." Grete stak pegefingeren op under hans næse. "Og nu, du siger knus. Inger, som jeg gik i lære hos, *hendes* mand skulle altid lige kigge ind i butikken og føle på mig. Så tror da pokker, jeg startede min egen butik."

"Hansen, den gamle grisehandler?"

"Så du skal ikke belære mig."

"Nej." Det kunne han godt se. "Men dengang vi mødtes igen forrige år, var det dig, der kyssede mig først, og det var jeg glad for."

"Ellers var vi også endt på plejehjem, før du tog dig sammen." I det mindste fnisede hun.

Alligevel fandt han det klogest at lade Dracula-gebisset ligge i skuffen, da de senere gik i seng.

Kapitel 13

Morgenerne blev lysere for hver dag. Solen skinnede, da Jensen hentede Stiften ind fra postkassen. Det var lykkedes ham at glide ud af sengen og starte dagen uden at vække Grete.

Oven på deres dumme ordveksling var aftenen heldigvis endt i fordragelighed. Alligevel nød han at have et kvarter for sig selv. Efter badet og barberingen kastede han et blik ind i stuen. På malerierne, skænken, spisebordet. Og på sin gode gamle lænestol. Kunne hun virkelig have set sig sur på den?

Han skyndte sig at hælde havregryn op og skimmede avisens forside, mens kaffen trak på stempelkanden.

Omsider var drabet på Aarhus Teater også rykket ind i den trykte presse. Sigurd Petersen og kolleger havde sammenfattet sagen i en oversigtsartikel ud fra Lars Hennings oplysninger på gårsdagens pressemøde.

I et eksklusivt interview tilføjede indsatslederen ikke mere, end der var belæg for at sige: Louise var blevet dræbt før forestillingen, ubemærket af sine kolleger. Hvis avisens læsere havde observeret usædvanlige bevægelser bag ved teatret, i Skolegade ved halvsyvtiden, ville politiet gerne i kontakt med dem.

Jensen bladrede om og sad ansigt til ansigt med Rikke Hviid. "Det skar i mit hjerte at se de unge piger lide," stod der under hendes portrætfoto.

'Krænkelsessag truer Aarhus Teater,' hed artiklen.

"Jeg kunne se, hvad kulturen gjorde ved dem," citerede Sigurd Petersen hende, "og påtalte allerede Walter Richards opførsel til min årlige MUS-samtale."

Blev du hørt?

"Jeg blev fyret."

Noget må du alligevel have bevirket, siden Walter Richard i mellemtiden er blevet suspenderet?

"Han suspendering er for lidt og kommer for sent. Hvis Bente Lyngby ikke selv tager konsekvensen, må nogen gøre det for hende."

"Hvordan kan det være, at hende Hviid hader Bente Lyngby så meget?" spurgte han Grete, der var kommet ud fra soveværelset.

Hun skimmede artiklen. "En af de unge piger er hendes datter."

"Selvfølgelig." Det kunne han godt se. Han ville selv have været bekymret, hvis Christine var lige så nervøst et gemyt som Juliet.

Jensen pressede stemplet ned i kanden og skænkede kaffe til dem begge. "Hvis bare nogen gad fortælle mig, hvad Richard helt konkret har gjort, som fik dem til at klage."

Svaret fik han ved morgenparolen en time senere.

*

"Iben Konradsen vil gerne uddanne sig til dramatiker og mødtes med Richard om et manuskript, som hun arbejder på," læste Jesper op af sit referat. "Undervejs fik hun kolde fødder og bad ham om at holde fingrene for sig selv."

”Altså efter at han havde rørt ved hende?” Lars Henning bød den pose med friskbagte basser rundt, som han boostede moralen med på efterforskningens tredje dag.

”Måske ville han lære hende at fægte,” var Jensen lige ved at sige, men satte tænderne i sin basse, før han kom til at fremstå som en anden Løndal.

Signe lød i forvejen indigneret. ”Han tog hendes hånd og lagde den på hendes bryst.”

”Under brystet,” sagde Jesper.

”Gør det en forskel?” Signe vendte sin indignation mod ham.

”Han sagde, hun skulle skrive med hjertet.”

”Ja tak. Hjertet. Men bagefter lod han, som om Iben slet ikke var til stede ved prøverne længere.”

”Så Richards opførsel har været forkert,” samlede Lars Henning op.

”Forargeligt,” rettede Lea, der sad og tog noter.

”Forargeligt,” rettede Lars Henning ind, ”men har den med drabet på Louise at gøre?”

”Hans fingeraftryk blev fundet på værkstedet.” Signes basse slog krummer.

”Hvilket sidestiller ham med en halv snes andre teaterfolk, der også har deres naturlige gang bag kulisserne. Lige som alle os, der sætter fingeraftryk herinde hver eneste dag.” Lars Henning gjorde en fejende håndbevægelse ud over mødelokalet.

Henne i det ene hjørne trak der frisk luft ned ad trappen. Døren op til tagterrassen stod åben.

”Grete fortalte mig om en pistol, der var blevet væk,” sagde Jensen.

"Walther'en, ja." Lars Henning bladrede i sine papirer.

"Der var ingen tegn på indbrud, så jeg tog ham Ole Opfinder til side en ekstra gang," sagde Jesper. "Ham, der forvalter deres våbenarsenal. Det følte han sig lidt stødt over. Hvis han endelig skulle have stjålet noget, ville han have valgt en af de antikke pistoler, som er penge værd blandt samlere."

"I de rigtige kredse går en Walther for ti kilo," oplyste Kolding.

"Et af de dødelige skud, der blev affyret på parkeringspladsen i Tilst i marts, passer faktisk med kaliberen," huskede Jesper. "En måned før, teatret modtog denne her som en anonym donation."

"Det ville være en af de mere utraditionelle måder at skaffe sig af med et gerningsvåben på," sagde Lars Henning.

"Det ville være lige så uheldigt at stjæle en pistol, der har været brugt i et bandeopgør," sagde Jesper.

"For ikke at sige dumt?"

"Vi kom så vidt som, at Bente Lyngby har en reservenøgle, men jeg lod sagen ligge i første omgang. Det var trods alt ikke pistolen, Louise blev skudt med."

'Dumt.' Mens Jensen tog den sidste bid af sin basse, blev Lars Hennings karakteristik af tyven ved med at genlyde i hans hoved. "Hvis du ikke har noget imod det, vil jeg gerne bruge en halv time på sagen," foreslog han indsatslederen. .

"Har du en mistanke?"

"Vi får se."

Indsatslederen sukkede. "Du er det fødte orakel."

"Tak." Jensen ville ikke vade i fordomme om tidligere kriminelle som nu Benny for eksempel, der før havde siddet inde for både indbrud og hæleri.

Men derfor kunne det jo ikke skade at tage sig en snak med ham.

*

Hele ensemblet stod på Store scene, da Jensen lidt senere aflagde teatret en visit. Flere af skuespillerne havde deres kostumer på. Grete, som også var der, holdt sig lidt i baggrunden, men Mortimer og Juliet vinkede. Den tynde mand, der holdt en slags peptalk, måtte være Gerhard, Walter Richards efterfølger som instruktør.

"Vi giver den en ekstra tand i dag," sagde Gerhard med ryggen til. "Hvis politiet ellers kan lade os være i fred."

"Så er jeg ked af at afbryde igen." Jensen rømmede sig.

"Åh, undskyld." Den konstituerede instruktør snurrede rundt. "Sådan var det ikke ment."

En veg type, slog det Jensen. Der var ikke noget at sige til, at Bente Lyngby oprindelig havde foretrukket Richards internationale karisma. "Bare et hurtigt spørgsmål: Hvor finder jeg Benny?"

"På første sal, vil jeg tro."

"Jeg kan vise dig vejen," tilbød en ung skuespillerinde. "Hvis det er okay med dig, Gerhard?"

"Jeg hedder Dy," sagde hun til Jensen. "Og jeg skal alligevel ikke på før i anden akt. Jeg er et af ligene." På vej ud gennem kulisserne blinkede hun til ham. "Det er dig, der er Gretes kæreste, ikke?"

"Det er vist svært at holde på en hemmelighed."

"Har I talt med Richard?"

"Vi taler med mange." De gik hen ad den smalle gang, hvor han og Grete den første aften havde kortlagt gerningsmandens mulige rute til og fra gerningsstedet.

Gangen var mørk, og de gik der alene, så han gjorde en særlig dyd af at holde afstand til den unge skuespiller, ikke mindst da hun drejede op ad en snæver trappe. Efterhånden tog hun trinnene så langsomt, at de til sidst helt gik i stå.

"Går jeg for hurtigt?" Hun rakte hånden ud, som om han var for gammel til at gå selv.

"Nej, nej. Bare fortsæt."

"Hvad skal du snakke med Benny om?"

"Han er bare en gammel ven." Jensen åndede helt lettet op, da de langt om længe kom ud i et lyst værksted med klaver og med kulissen af et sneklædt skovlandskab i arbejde.

Der duftede af maling. To mænd stod med spraydåser i hænderne. Den ene sprøjtemalede grønne juletræer, den anden malede hvid sne. De stod med ryggen til, men Jensen genkendte straks Bennys tyrenakke og det skaldede hoved.

Han smilede til Dy. "Jeg kan vist selv nu. Men tak for hjælpen."

"Skulle det være en anden gang."

Han vidste ikke, hvad hun sendte ham det skrå blik for, men Benny havde sænket spraydåsen og kom nærmere.

"Jensen. Hyggeligt at se dig."

"Godt at se dig i arbejde."

"Det kan jeg takke John for. Vi kender hinanden fra gamle dage, og han lagde et godt ord ind på mine vegne hos Bente Lyngby."

John, hans kollega, sænkede også den spraydåse, som han havde malet de hvide snedriver oven i Bennys grønne juletræer med. "Pas nu på med den maling, Benny. Du får den altid på fingrene."

Benny grinede. "John er som en storebror for mig."

*

Grete havde bevidst holdt sig til kulissen, indtil Dy guidede Jens Peter ud ad baglokalerne. På sin vis gav det status at være kærester med politimanden. Folk betroede hende fortrolige oplysninger – eller også det modsatte, alt efter deres intentioner – men det kunne også blive akavet med kollegernes friske bemærkninger om ham.

Desuden vidste hun aldrig, hvornår han pludselig ville finde på at kysse hende i fuld offentlighed.

Henne ved scenekanten klappede Gerhard i hænderne. "Skal vi andre fortsætte?"

Mens de fleste skuespillere lidt nølende afsluttede deres private snak for at samles om ham igen i rampelyset, listede Juliet ud i skyggen.

Grete trådte frem. "Dit kostume klæder dig," sagde hun. "Du ligner en rigtig heltinde."

Juliet stivnede.

På tæt hold opdagede Grete, hvor bleg hun var. "Er du syg?"

"Nerver." Læberne sitrede.

"Jamen kæreste Juliet." Grete gav hende et knus. "Det er da kun en prøve."

"Nej."

"Hvad så da?"

Stemmen var meget lille. "Der er noget, jeg skal … fortælle."

"Jeg lytter," sagde Grete.

"Til dem." Juliet så forskræmt på sine kolleger, som var de vilde dyr. "Hvis jeg ellers tør."

Hun dræbte Louise. Grete vidste ikke, hvor tanken kom fra, men pludselig var den der. Hvad ellers kunne Juliet være så bange for at fortælle. "Vil du øve dig på mig først?"

Juliet gjorde en tør synkebevægelse.

"Når det er sagt én gang, bliver det måske lettere at sige til de andre," pressede Grete.

Men chancen var allerede forpasset. Flere af Juliets kolleger havde opdaget, at noget var galt i kulissen. Grete kunne godt have undværet alle deres nysgerrige øjne. Hun kunne også godt have undværet, at Gerhard afbrød sin peptalk og kom over til dem.

"Hvad sker der?" spurgte han.

"Vi står lige og snakker," sagde Grete.

”Har det med stykket at gøre?” Over for politiet opførte instruktøren sig nærmest underdanig. Over for de to kvinder talte han brysk.

”Det er personligt.”

”Så kan det sikkert vente.”

Han rakte ud efter Juliet, men hun undveg og slog en bue uden om ham og gik alene ud på scenen. Tøvende som til en monolog.

”Der er noget, jeg skal sige.” Stemmen rystede, men hvert ord gik klart igennem, så stille var der blevet.

Alle holdt vejret. Kun Amanda stod med et lille hånligt smil på læberne.

”Det er svært, men …” Juliets skuldre gik op og ned. ”Jeg burde ikke have ventet, og … tak for al jeres opbakning, men … jeg kan bare ikke spille mere.”

”Det kan du da,” sagde Gerhard. ”Det har vi alle sammen set. Mortimer! Hvad siger du? Kan Juliet spille rollen?”

”Det kan du i hvert fald.” Mortimer lagde armene om hendes skuldre.

”Det handler ikke om rollen. Jeg … vil bare ikke mere. Jeg kan ikke. Jeg er ked af at måtte sige det, men … Amanda skal nok gøre det godt. Og slip mig så!”

Mortimer virkede helt forskrækket.

”Og lige nu vil jeg bare gerne være alene.” Juliets hårde hæle bankede hen over de skrå brædder og forsvandt ud til omklædningsrummene.

I samme nu, Grete fulgte efter hende, brød snakken løs, uden gehør for Gerhards forsøg på at få opmærksomhed. Hans tropper var ligeglade med ham. Det var Grete også.

Juliet så stadig lige fortvivlet ud, da hun indhentede hende i omklædningsrummet. Hun var begyndt at skifte til jeans og trøje. Kostumet lå i en rodet bunke på gulvet. "Hvad vil du mig?"

"Du smider vel ikke dit store gennembrud væk uden grund," sagde Grete.

"Jeg vil ikke danse på Louises grav."

"Var det noget, Asger sagde til dig i går?"

"Hold Asger udenfor!"

"Du gjorde det så godt den første aften."

"*The show must go on* og bla bla bla. Men det kan ikke blive mit problem. Jeg har sovet på det. Jeg er blevet klogere. Jeg skal ikke være skuespiller. Hvad mere vil du høre?" Juliet stak i en kort jakke, og før Grete kunne svare, var hun forsvundet ud på gangen.

*

Jensen gik hen ad teatrets brede gange, forbi marmorbuster af kulturministre og teatrets legendariske direktører. Døren, som en venlig servicemedarbejder med fejemaskine havde udpeget for ham, stod på klem. Næsten. Sprækken var lige nøjagtig stor nok til, at han kunne høre den nuværende direktør tale inde på kontoret – og til at se hende stå i et stort vindue ud til Bispetorv.

"Ja, hun lyver," sagde Bente Lyngby med ryggen til. "Mange af Rikkes påstande er grebet ud af den blå luft."

Det var ikke pænt at lytte ved døren, men svært at lade

være. Jensen, der ellers havde løftet knoerne for at banke på, hørte hendes telefon skratte.

"Vel kan jeg dokumentere det," svarede Lyngby. "Men det er en personalesag, og lige meget hvad hun gør, nægter jeg at bryde min del af fortroligheden …"

Hvad hun mere sagde, gik under i fejemaskinens hvin. Jensen kunne ikke blive ved med at stå der og spionere med vidner på, men lige da han ville give sig til kende, mødte han teaterchefens blik. Larmen fra den åbne dør havde sikkert også generet hende.

Bente Lyngbys øjne røbede, at han var gennemskuet. "Politiet er på trapperne. Jeg må løbe." Hun afbrød samtalen og vinkede Jensen indenfor.

"Undskyld, jeg forstyrrer," sagde han.

"Tak for at gøre det." Bente Lyngby var i en rosa bluse og beige nederdel – blødere farver end det formelle sorthvide fra premiereaftenen. Hun tog et chartek fra skrivebordet og viftede noget luft op i ansigtet med det. "Det var Samuelsen i telefonen, kunne du sikkert regne ud."

Jensen driblede uden om et svar. "Iben Konradsen har i mellemtiden forklaret os, hvad hendes klage går ud på."

"Og jeg tager den meget alvorligt. Sexchikane står helt øverst på vores forbudsliste. Det passer bare ikke, at Rikke havde advaret mig på forhånd. Den MUS, hun refererer til, fandt aldrig sted, fordi hun var sygemeldt. I månedsvis, fordi hun led af resistent tuberkulose. Angiveligt. Jeg sendte en buket blomster i stedet for."

Bente Lyngby lukkede døren. "Hun dukkede op igen, da Walter begyndte på prøverne til Dracula. Uden forklaring, uden lægeattest. Så frisk som nogensinde, men stadig ustabil. Et sted har jeg altid haft ondt af hende, men et teater er som et fint maskineri. Alle tandhjulene skal gribe ind i hinanden. Vi kan ikke have en frisør med på frihjul."

"Så derfor fyrede du hende."

"Jeg meddelte, at vi ikke ville forlænge kontrakten. Længe før klagerne dukkede op om Walter. Du ved selv, hvornår Grete kom til ansættelsessamtale." Bente Lyngby klemte sammen om næsen, lige som han selv plejede at gøre, når læsebrillerne havde siddet der for længe. "De unge kvinder forguder hende selvfølgelig for at bakke dem op, og det skal de have lov til, men timingen for deres klage kunne ikke have været mere smertelig for os."

"Lige før premieren."

"Man kommer ikke sovende til sin løn." Bente Lyngby pustede ud. "Og så blev Louise dræbt."

"Er du begyndt at se en sammenhæng mellem klagen og drabet?"

"Nej. Hvordan?"

"Richard påstod, hun tog hans parti."

"Iben, Dy og Victoria sad her på kontoret, hvis det er dem, du mistænker. Vi talte sammen, efter at jeg havde befriet Louise for Samuelsen."

Hun pegede på nogle stole rundt om sit skrivebord. "Lige her faktisk, da jeg fik Louises sms med den falske sygemelding."

"Hvad med Rikke Hviid?"

"Rikke er den, hun er, men hun er ikke morder."

Og Bente Lyngby var en tillidsfuld person, tænkte Jensen. På mange måder. Døren havde stået på klem før. Han spurgte sig, om hun også lod den stå åbent, når hun forlod kontoret.

"Jeg kom egentlig på grund af noget andet," sagde han. "Jesper siger, du har en reservenøgle hængende til våbenskabet?"

"Ikke længere. Jeg har låst den væk efter tyveriet."

"Hvor plejede den at hænge?"

"Her bag ved døren." Hun viste ham et lille bræt med en række kroge på.

"Må jeg se den?"

Hun låste en skrivebordsskuffe op og ville tage den ud, men han standsede hende.

Det var en sikkerhedsnøgle af stål, som han kom i en af de plastikposer, han altid havde på sig for alle eventualiteters skyld. Man vidste aldrig, hvornår små stumper bevismateriale dumpede ned i ens turban.

Han holdt posen op mod vinduet. Der var en lille grøn plet på nøglens hoved. "Kunne det være maling?"

"Jeg har aldrig lagt mærke til den før. Betyder det noget?"

"Det er vist for tidligt at sige, men jeg vil gerne konfiskere den indtil videre."

"Helt fint. Så ved jeg da, at den er i sikkerhed."

*

Fejemaskinen havde fundet nye gulve at feje. Der var

stille på gangen, da Jensen forlod Bente Lyngbys kontor med reservenøglen til våbenskabet på lommen. Den grønne maling på nøglen satte kursen, og denne gang fandt han selv vejen op til værkstederne, hvor John og Benny stadig stod og sprøjtemalede juletræer, efter duften at dømme, der mødte ham på vej op ad trappen.

Snakken gik, og de grinede højt, men morskaben døde, da han dukkede op.

"Er der noget i vejen?" Benny sænkede spraydåsen.

Jensen pegede på den. "Jeg tænkte, om I havde en lille rest maling i overskud. Bare nogle få pift til en enkelt planke hjemme i garagen. Jeg mangler så lidt, at det næsten ikke kan svare sig at købe en hel dåse."

"Jo …" Benny kløede sig i nakken.

"Lige den grønne farve ville være fint."

Benny rystede dåsen. "Den er næsten tom."

"Lad bare din ven tage den," sagde John. "Vi har flere stående."

"Pas på. Den klistrer," sagde Benny.

Jensen blinkede til ham. "Så er det heldigt, jeg altid har en pose på mig til uforudsete fund."

Benny kiggede mistroisk på den mælkehvide pose, som dåsen forsvandt ned i. Han vidste godt, hvad den slags poser normalt blev brugt til, men han kommenterede den ikke.

"Stor tak for hjælp." Jensen tog sine fund med ned til det opbevaringsrum, hvor Thomas stod og tog fingeraftryk rundt om våbenskabet.

"Jeg har reservenøglen til skabet her." Han fandt posen med nøglen frem.

Teknikeren kiggede på den. ”Okay?”

”Der er nok ikke meget håb om at finde fingeraftryk efter gerningsmanden, men kan du se den lille klat maling her?”

”Hvad med den?”

Jensen præsenterede ham for den anden pose. ”Mon du ved lejlighed kan sammenligne den med malingen fra den her spraydåse?”

”Gerne. Som du siger: ved lejlighed?”

”Helt fint.” Nogle spor var så tydelige, at man skulle tro, det var løgn, tænkte Jensen på vej ud.

I foyeren mødte han Grete. Hun så travl ud. ”Hvor er du vej hen?”

”Ud for at finde Juliet. Hun sagde op og forsvandt.”

”Hvorhen?”

”Det ved jeg ikke. Hun sagde, hun led af sceneskræk og løb sin vej, og nu har jeg dårlig samvittighed. Jeg skulle aldrig have ladet hende gå i den tilstand. Hun tager ikke telefonen.”

”Kan hun være gået hjem til sig selv?”

”Vi må hellere se efter.”

De fulgtes ad.

”Det fritager hende da for din mistanke om, at hun slog Louise ihjel for at få den hovedrolle,” sagde Grete på vej hen ad Nørre Allé. ”Dybest set vil hun slet ikke have den.”

”Måske har hun bare fået kolde fødder,” følte Jensen for at sige. Mere end en gang havde han været ude for kriminelle, der smed deres bytte ud, af dårlig samvittighed eller fordi de var bange for at blive sporet. Men alting til sin tid, og tiden var ikke til principielle diskussioner. Det handlede om at finde Juliet.

Gardinerne var trukket for i det store vindue ud til gården, og hun svarede ikke, da de ringede på hendes dør.

”Der må være en vicevært,” sagde Grete.

”Virkede hun selvmordstruet?”

”Nej … Det ved jeg ikke. Oprevet.”

”Kan hun være gået hen til Asger?”

De skyndte sig over til Thorvaldsensgade, hvor Asger heller ikke svarede, men da Jensen trykkede på klokken en ekstra gang, kom en anden ung mand ud fra opgangen.

”Asger? Jeg synes, han gik på arbejde lige før.”

”Var han sammen med nogen?”

”Er det pigen, du mener?”

Fem minutter senere tog de i Musikhusets glasdør i langsiden ud til Frederiks Allé. Ovre i den store forhal stod der kun en enkelt kunde i skranken. Garderoben var endnu ubemandet, og caféen havde kun lige åbnet.

Ingen sjæl mødte dem på gangen hen til Filuren, men døren under børneteatrets kulørte skilt var ikke låst ind til salen, hvor de sidst havde siddet sammen med rollingerne og set Asger spille pirat.

Der var mørkt, og tæppet hang for scenen, men et sted omme bagfra kunne de høre en vred stemme. ”Efter alt det, jeg har gjort for dig.”

”Det er Rikke,” sagde Grete.

”Du skal bare ikke blande dig mere, mor.” Tæppet gled til side, og Juliet kom ud. ”Og du skal gå nu.”

”Ikke før vi er færdige,” sagde Rikke.

Asger trådte frem. ”Det er vi,” sagde han. ”Og du må

hellere passe på, hvis ..." Det lød som optakten til en trussel, men i samme nu, han opdagede Jensen og Grete nede i salen, klappede han i.

I et kort sekund frøs de fast som et tableau. Så hoppede Rikke ned fra scenen og navigerede uden om tilskuerpladserne hen mod Grete. "Her kan du se, hvad jeg fortalte dig om i går. Alle de tusinde gange, jeg har kørt hende til prøver og måtte høre hendes replikker. *Bare én gang til, mor!* Og hvad så nu, hvor hun endelig har fået sin store rolle? Så går hun kraftedeme i baglås igen."

Hendes øjne gnistrede af vrede

"Måske har Juliet aldrig været så glad for at spille teater, som du troede," sagde Jensen godmodigt.

"Hvad ved du om det?"

"Jeg tænker på min egen søn, Martin, da han gik til fodbold."

"Fodbold!"

"Jeg kørte ham også til kampene i al slags vejr. Indtil det gik op for mig, at han mest spillede for min skyld. Faktisk var det en lettelse for os begge, da han ikke skulle være den nye Michael Laudrup."

"Havde du også betalt en lang og dyr uddannelse for ham?"

"Nej ..."

"Eller betalt for hans lejlighed i midtbyen? Og hjulpet ham gennem alle de andre gange, han blev hysterisk? Til konfirmationen? Til skolekomedien? Hvad?"

Kapitel 14

Beskyldningerne haglede ned over Jensen. Nej, måtte han indrømme. Han havde hverken finansieret midtbylejligheder for sine børn eller opfattet dem som hysteriske. Hverken som unge eller nu som voksne.

På den måde kunne han godt se, at hans plan var gået i vasken. At Rikke Hviid ville finde trøst i hans egne oplevelser som far. Ingen hverken kunne eller burde styre sine børns liv i længden var den erfaring, han gerne ville have bondet med hende om. I stedet var hun bare blevet mere rasende.

Stemmen dirrede i Filurens mørke teatersal. "Værsgo, hvis du kan tale hende til fornuft," hvæsede hun til Grete. "Mig lytter hun i hvert fald ikke til."

"Du taler ellers højt nok," sagde Juliet oppe fra scenekanten.

"Ikke til dig mere." Rikke Hviid skridtede ud af salen uden farvel.

"Den gamle heks!" Juliet sprang ned på gulvet. "Hun er bare helt ude i hampen."

"Hun gør sig mange tanker om dig," udglattede Grete. Juliet fnøs.

"Vi havde en lang snak sammen i går," sagde Grete. "Hun er bange for, du tager din karriere for tungt."

"Bange, ja. Det kunne jeg forestille mig, hun *sagde*. Nævnte hun også *min* angst?"

"Pillerne i går," sagde Jensen. "Dem, du skyllede ud …"

"Hvis jeg havde taget dem i dag, var jeg bare fortsat som altid. Med at bide nerverne i mig på teatret og gøre min pligt og spille mors lille stjerne, koste hvad det vil.”

”Det skal du heller ikke længere.” Asger var fulgt efter hende. Han lagde en hånd på hendes ryg. ”Det bliver bedre nu.”

”Det kan dårligt blive ringere. Ved du, hvorfor hun i virkeligheden kørte mig til prøverne?”

”Jeg tror, jeg har forstået,” sagde Grete.

”For at være sikker på, at jeg ikke skulkede,” sagde Juliet. ”Har du en datter?”

Grete blev stram i betrækket.

”Jeg har,” sagde Jensen.

”Så håber jeg for hende, du behandler hende med respekt.”

”Absolut.” Jensen bukkede. Ellers ville Christine hurtigt minde ham om det, tænkte han, men holdt bemærkningen for sig selv. ”Hvad siger I til en kop kaffe?”

De fulgte ham lidt tøvende hen til caféen.

Han købte kaffe og makronsnitter og balancerede bakken over til et ledigt bord, hvor de satte sig parvist: Jensen og Grete på den ene side, Juliet og Asger over for dem, med god plads imellem, som om de ikke ville være hinanden ved.

De var generte. Selvfølgelig. Det kunne ikke være anderledes, men skulle nødig stå i vejen for en opklaring af drabet på deres fælles veninde.

Han tog Gretes hånd. ”Må jeg fortælle om det, du mindede mig om i går? Om hvordan vi blev kærester?”

En lille trækning i hendes øjne advarede ham. Lige så ferm Grete var til at få sine klienter i frisørstolen til at snakke, lige så lukket var hun om sit eget privatliv.

For en gangs skyld overså han advarslen. "Vi blev kærester, efter at Gretes forlovede var død i en ildebrand. Min gamle ven Gregers."

Ingen af de unge sagde et ord, men deres øjne hang ved ham.

"Jeg var jublende lykkelig det ene øjeblik og brødebetynget det næste. Som om jeg lukrerede på hans død. Men kærligheden spørger ikke om lov." Jensen kiggede på Grete fra siden. Hendes ranke skikkelse, de blå øjne. Selv hun smilede nu.

Han skålede med sin kaffe. "Så jeg kan forestille mig, hvordan I to har det."

Asger tog Juliets hånd. "Det var ikke os, der dræbte Louise."

"Mor ville ellers have elsket mig for det," sagde Juliet.

*

"Din mor ville have elsket dig for at dræbe Louise?" Jensen sænkede koppen. "Fordi hun fik den rolle, din mor syntes, du skulle have haft?"

"Ikke derfor, men …" Juliet knugede Asgers hånd så hårdt, at hendes knoer blev hvide. "Fordi Louise fik mig til psykolog. Og til at droppe pillerne. *'Pammer?* Du skal da ikke have brug for nervegift for at gå på scenen. Hvis det ikke er sjovt at optræde, så drop det,' sagde hun."

"Og det kunne din mor ikke lide?"

"Du hørte hende jo selv." Juliet jog sin gaffel ned i kagen og lod den sidde der. "*Hun* kunne have været stjerne, hvis ikke hun var blevet gravid med mig."

"Det kan alle jo påstå," sagde Asger.

"Siden hun aldrig fik sit gennembrud, skulle jeg så have det." Juliet blottede sine hjørnetænder som en anden Dracula. "Men det er forbi nu. Ved du, hvad jeg har gjort?"

"Du kvittede dit job," sagde Jensen.

"Jeg har anmeldt alle hendes fotos af mig på Facebook for ulovlig tagging. Helt tilbage fra konfirmationen. Hvis mit liv skal være et freakshow, skal jeg nok selv sørge for det."

"Du er ikke en freak." Asger gav hendes hånd et klem.

"'*Hendes* barn, *hendes* datter. Men hvad med dig *selv*?' spurgte Louise. 'Hvad kunne du selv tænke dig at bruge dit liv på?'"

"Hvad *kunne* du tænke dig at lave?" spurgte Jensen.

"Ikke at spille hovedrollen i hvert fald. Ikke engang, hvis jeg havde fået den til at begynde med."

*

Vreden havde givet Juliet røde kinder. Det klædte hende at lægge genertheden fra sig, tænkte Jensen. At glemme hæmningerne og være sig selv i stedet for at spille den rolle, andre havde påduttet hende.

"Gud, jeg er sulten!" Vildskaben, hun attakerede sin kage med, fik ham til at smile.

Noget ved den mindede ham om Grete. Grete var heller aldrig bare lidt mæt eller lidt sulten, men altid ude i ekstremerne.

"Vil du have én mere?" Asger rejste sig med det samme, Juliets tallerken var tom. Opmærksom på hendes mindste behov som kun en ny kæreste kunne være det. "Samme slags igen?"

"Jeg går med dig op til disken," sagde Jensen, før Juliet risikerede at takke nej. "Er der andre, som vil have mere kaffe?"

Der havde været stille, da de satte sig, men efterhånden var der kommet mere liv i caféen. "Jeg forstår godt, at du er glad for Juliet," sagde han, mens de stod i kø ved kassen.

Lidt af skuespillerens tidligere generthed vendte tilbage. "Louises død var et chok for os begge."

"Der er vist mere, der binder jer sammen." Jensen hældte kaffe på kopperne.

Asger tog kager fra montren. "Vi er bare helt almindelige skuespillere," sagde han. "Ingen stjerner, som Juliet siger."

"Du vil gøre meget for hende."

Det fik det store smil frem igen. "Alt."

"Som at beskytte hende mod en alvorlig sandhed?"

Det store smil blev mere forbeholdent.

"Kan vi finde et sted at tale sammen under fire øjne?" spurgte Jensen.

Asgers øjne pilede over til de to kvinder. "Om hvad?"

"Ikke noget farligt. Og jeg skal nok finde på en troværdig undskyldning." Jensen insisterede på at betale for kaffen og kagen, og de balancerede dem tilbage til bordet.

”Asger vil give mig en af piraternes guldmønter med hjem som souvenir til Jonas,” forklarede han. ”Vi går lige ned i Filuren sammen.”

I salen blev der gjort klar til dagens forestilling. Asger nikkede til en af sine medspillere, der også var mødt tidligt, og trak Jensen ud af hørevidde. ”Hvad er det, du gerne vil vide?”

”Dengang I skændtes med Rikke,” sagde Jensen, ”var der noget, du sagde til hende. ”Du sagde: ’Du må hellere passe på, hvis,’ men så kom vi til at afbryde.”

Asger kiggede den anden vej. ”Man siger så meget, når man er vred.”

”Hun måtte hellere passe på, hvis *hvad*?” holdt Jensen ham fast. ”Ved du noget om Rikke, som du helst vil holde for dig selv, nu hvor vreden har lagt sig?”

”Hun er trods alt Juliets mor.”

”Du vil ikke tale ondt om hende. Trods alt.”

Asger tyggede på sine læber. ”Jeg kommer ikke selv til at fremstå ret elskværdigt.”

”Var det alligevel dig, der dræbte Louise?”

”Bestemt ikke.” Den unge mand lød helt chokeret. ”Nej, du misforstår.”

”Ud med sproget så. For din egen skyld.”

”Rikke Hviid har et forhold til Walter Richard.” Asger kiggede ned på sine sneakers. ”Hun besøgte ham i hvert fald. På Hotel Ritz.”

”Der skal vist mere til at chokere mig.”

”Jeg ved det, fordi jeg stalkede Louise.”

”Nu er jeg chokeret.”

”Det er ikke morsomt.”

”Undskyld.”

”Helt i starten. Fordi hun snakkede om Richard hele tiden. Hun sagde, det var rent professionelt.”

”Men du troede ikke på det.”

”Han boede på Ritz, indtil hans kone flyttede til byen. Jeg tog opstilling på den anden vejside. Jeg kunne se skyggerne på tapetet, selv om Louise havde påstået, hun skulle mødes med nogle veninder.” Asger blæste kinderne op. ”Det var bare ikke Louise, der kom ud.”

”Men Rikke.”

”Dullet op i paryk og stiletter. Nedringet under frakken. Jeg havde nær ikke genkendt hende.” Han lo. ”Helt ueffen er hun ikke som skuespiller.”

”Det kan jeg godt forstå, du ikke vil fortælle Juliet om.”

”Tak.” Asger tøvede. ”Måske vil jeg gøre det en dag.”

”Gør det.” Jensen klappede ham på skulderen. ”Vi må også hellere gå tilbage. Lige så snart du har givet mig en guldmønt til Jonas.”

*

”Jeg er glad for, min mor aldrig har villet være skuespiller,” sagde Grete. ”Tænk, hvis det var slået fejl, og jeg skulle have opfyldt hendes ambitioner for hende.”

”Jeg er glad for, at Martin bakkede ud af mine fodboldambitioner i tide,” sagde Jensen.

”Du ville da aldrig have gjort ham til dit projekt, lige som Rikke gjorde med Juliet.”

”Snakkede I om det?”

”Hun fortalte om sin far, der var skredet, før hun kom i skole, og sin mor, der prøvede på at holde facaden. Og sin egen pligtfølelse, når den truede med at krakelere.”

De havde overladt Juliet og Asger til hinanden i Musikhuset og ventede for rødt lys på Frederiks Allé. ”Jeg skulle i øvrigt hilse og sige, det var hende, der skjulte den dagbog, du ledte efter, fordi Louise havde skrevet om hendes problemer i den,” sagde Grete.

”Tak.”

”Og lad mig så høre, hvad Asger fortalte dig.”

”Han gav mig en guldmønt til Jonas.” Den var selvfølgelig ikke i ægte guld. Den var ikke engang stemplet, men den reflekterede solen, da Jensen flippede den op i luften.

”Og hvad mere?”

”Det er hemmeligt.”

”At?”

De krydsede gaden over til rådhusparken, fortsatte ned i fodgængertunnelen og kom ud på Park Allé. ”At Rikke muligvis har eller har haft en affære med Richard,” sagde Jensen.

”Derovre, faktisk.” Han pegede på Hotel Ritz lige ved siden af den lokale Burger King. Fem etagers renskuret gulstensfacade og en overdækket gang ud til fortovet.

Bag et af vinduerne havde Asger set Walter Richard sammen med en kvinde, der viste sig at være Rikke Hviid.

”Som han beskriver det, var hun klædt ud som en sexet dame, tro det, hvem som kan.”

"Det er da rent håndværk, når man ved, hvad mænd tænder på."

"For dig måske, som i forvejen er sexet."

Hun skiftede emne. "Men hvad kan vi bruge det til?"

"Forsøgte hun at købe hovedrollen til Juliet?"

"I så fald lykkedes det jo helt åbenlyst ikke."

"Var det derfor, hun skred til mere håndgribelige metoder?"

"Og dræbte Louise? Det har jeg svært ved at forestille mig." Alle sine forbehold til trods forsvarede Grete alligevel kollegaen. "Desuden ville hun ikke have valgt at myrde Louise på teatret, hvor tusind mennesker risikerede at opdage hende."

"Så er vi tilbage ved udgangspunktet."

"Husk også, at Juliet slet ikke på forhånd var udset som standin for Louise. Normalt ville Amanda være rykket op i hovedrollen."

"Medmindre man timede Louises død, så teatret greb til en nødløsning."

"Jeg kan ikke lide, at du kalder Juliet for en nødløsning," sagde Grete.

Hans telefon afbrød diskussionen.

Det var Jesper. "Jeg står her bag ved Aarhus Teater," sagde han. "Vi har fundet et vidne, der så Richard uden for bagindgangen på gerningstidspunktet."

Kapitel 15

De skiltes uden for teatret. Mens Grete gik ind ad hovedindgangen, fandt Jensen som aftalt Jesper ved bagindgangen. Døren var stadig afspærret, men en ende af den tape, som kollegerne havde spændt ud på drabsnatten, var gået løs og flagrede blidt i brisen, hvilket fik den til at ligne noget, et murersjak havde glemt at fjerne efter noget reparationsarbejde.

Jesper stod sammen med en rundkindet mand på Jensens alder, der endnu ikke havde tilpasset sin påklædning til årstiden, men stadig gik med hue og vinterfrakke.

"Det er Hannibal Svejgård, som jeg fortalte dig om," præsenterede Jesper.

"Stiften skrev jo, at alt havde interesse for jeres efterforskning," forklarede manden.

"Svejgård tog nogle fotos heromme på premiereaften," forklarede Jesper. "Jeg har forwardet dem til dig på sms."

Jensen åbnede sin mobil. Det første billede viste umiskendeligt Walter Richard i skjorte og blazer. Det var taget en tidlig aftenstund, hvor han kom gående op ad Skolegade, ikke langt fra det sted, hvor de stod nu. Skyggerne var lange, bindingsværkshusene fangede stadig lidt af solen.

"Vi ankom tidligt, fordi Maria gerne ville se kendisserne, der gik op ad den røde løber," sagde Hannibal Svejgård. "Men også alt for tidligt, så jeg gik bagom for at få mig en smøg, og der kom han pludselig gående, kong Richard i egen høje person."

"Det var heldigt," sagde Jensen.

"Ja, så kunne man da for en gangs skyld imponere hende." Svejgård lo. "Mens hun stod og ventede på girafferne omme på Bispetorv, fangede jeg hendes idol ved bagdøren."

Jensen fik sine læsebriller på. "Gik han ind ad den?"

"Jeg tror, han ville, men han ombestemte sig. Kan du se arbejdsmanden i den orange kedeldragt?"

Arbejdsmanden, som Svejgård kaldte figuren, var taget med ryggen til. En biperson i udkanten af billedet, bredskuldret i overall og med kasket på hovedet.

"Prøv at kigge på det andet foto, jeg sendte," sagde Jesper.

Der kunne højst være et par sekunder mellem billederne, men tilstrækkeligt længe til, at arbejdsmanden var nået halvvejs forbi Richard. Begge så ud til at dreje hovederne efter hinanden.

"Snakkede de sammen?" spurgte Jensen.

"Det ved jeg ikke," sagde Hannibal Svejgård. "Men det var, som om han bagefter skiftede retning."

"Væk fra døren?"

"Ja."

"Så Walter Richard ville have gået ind på teatret, men skiftede mening, efter at han mødte manden i den orange kedeldragt?"

"Jeg kan jo ikke vide det." Hannibal Svejgård trak øjenbrynene sammen. "Troede I, at Richard havde myrdet Louise?"

"Slet ikke." Jensen havde svært ved at slippe billedets tavse drama. Måden, Richard drejede hovedet efter den ukendte mand på.

Afstanden var for stor til at se mange detaljer. Arbejdsmanden drejede også hovedet, men kun en lille smule. Det lidt, man så af kinden var snusket, men af hvad? Snavs eller skægstubbe?

Jensen justerede billedstørrelsen, uden at blive meget klogere. Detaljer, der havde været for små, blev for grynede, når man zoomede ind på dem.

"Nåede du at se ham forfra?" spurgte han Svejgård.

"Desværre ikke, nej."

"Du skal i hvert fald have mange tak for billederne."

"Var det så arbejdsmanden, der myrdede Louise Stuk, tror I?"

"Det har vi ingen grund til at antage," sagde Jensen.

"Eller hvad?" spurgte han Jesper, da Hannibal Svejgård var gået, og de stod alene tilbage.

"Hvis vi er heldige, læser han Lars Hennings opfordring i Stiften og melder sig."

"Næppe, hvis han er gerningsmanden."

Jesper drejede på Jensens hånd med telefonen. "Hvis han arbejder inde på teatret, skulle man tro, at nogen kunne genkende ham. Selv med ryggen til."

*

Det første, Grete hørte, var en klagende lyd fra scenen. Draculas afsluttende jammersang, gættede hun, men da hun skyndte sig fra foyeren om til scenen for at følge med i finalen, viste klagen sig at komme fra Gerhard.

”Er det en virus?” Han hev sig i håret. ”En hjernevirus? Er de blevet sindssyge alle sammen?”

Skuespillerne stod og så på, som om han var den sindssyge.

Instruktørens arme gik som vindmøllevinger. ”Hvem bliver den næste? Kom frit frem, nu vi alligevel er i gang, så vi kan få det overstået.”

”Slap nu af, Gerhard.” Mortimer klappede ham på skulderen. ”Så er det vel heller ikke værre.”

Oven på Juliets exit havde der været kaos, og længere var de åbenbart ikke nået. Grete opdagede Ulla, der stod og diskuterede med Tove, skrædderen, i scenekanten og gik derover.

”Hvad sker der?”

”Nu er Amanda skredet.” Ulla slog ud med armene. ”Hun kom op at skændes med Gerhard, og hun vil ikke snakke med nogen. Jeg har prøvet, men det kom der ikke noget godt ud af.”

”Det er en børnehave,” sagde Tove.

”De er bare stressede,” sagde Ulla. ”Jeg kan heller ikke forstå, de skal fortsætte med stykket og lade som ingenting. Giv dem fri et par dage. Jeg mener, hallo! Deres kollega blev myrdet, og morderen er på fri fod. Er der noget at sige til, de reagerer på det?”

”Hvad laver Amanda nu?” spurgte Grete.

”Sidst set i omklædningsrummet.” Ulla pegede bag over skulderen.

”Jeg prøver at se, hvad jeg kan gøre.” Grete gik ned i regien.

”Tag det ikke personligt, hvis hun også sparker dig

ud.”

Det viste sig, at Amanda sad i sminken, på en hylde og med ryggen til spejlene. ”Nå, sender de nu dig?” sagde hun, da Grete stak hovedet ind.

”Tværtimod. De sagde, du nok bare ville sparke mig ud.”

”Du er da i hvert fald ærlig.”

”Hvem er ikke det, da?”

”Lad nu være. Al den snak om, at jeg er den helt rigtige til rollen, kan da ikke snyde mig.”

”Nej.”

”Nej, *men* …?”

”Ikke noget ’men’. Jeg kan godt se, de har skaltet og valtet med dig. Først ville de have Louise, så var det Juliet. Og nu er du så med på afbud.”

”De tror, jeg hylede Juliet ud af den for selv at komme til.”

”Er det noget, de har sagt?”

”Prøv at læse deres kropssprog.”

”Jeg mødtes med Juliet,” sagde Grete. ”Vi talte om mange ting, men der var ikke et ondt ord om dig.”

”Nå.”

”Desuden er historien fuld af skuespillere, der blev stjerner i en rolle, de fik på afbud. Og se nu mig. Jeg er her kun, fordi Rikke stoppede.”

”Det er noget andet.”

”Fordi jeg kun er frisør?” Grete spillede krænket. ”Er vi lidt snobbede?”

Omsider trak Amanda på smilebåndene.

”Sid ned.” Grete klappede på den nærmeste stol.

”Kom nu!” Hun sænkede stolen med fodpedalen.

”Skal jeg nu nusses på plads igen?”

”Ja.” Grete pressede Amandas skuldre tilbage mod ryglænet, fik fat i en børste og begyndte at rede hendes hår ud. ”Jeg trænger selv til noget at rive i.”

”Mit hår?”

”Det er så dejlig kraftigt.” Hun gav sig god tid med hver enkelt tjavs. Børstede den ud og satte den. Amandas ansigt slappede af i spejlet. Efterhånden var der kun hendes dybe vejrtrækning at høre.

Ude på scenen var der også blevet så stille, at Grete mistænkte skuespillerne for at pønse på hemmeligheder. Lød der hvisken fra gangen?

Hun nåede ikke at se efter, før Mortimer kom ind ad døren. ”Pas nu godt på hende. Jeg vil nødig miste endnu en partner.”

Han puffede Grete væk fra stolen og bøjede sig ned til Amandas nakke. To skarpe Draculatænder voksede frem i hans mundvige. ”Det kunne lige passe dig at skride, inden jeg har nået at give dig mit berygtede vampyrbid.”

Amanda hvinede et teaterhvin.

”Sådan, ja. Vi to er det fødte par.” Mortimer lod sin vampyrlatter runge. ”I livet og i døden.”

”Vent på os.” Bente Lyngby kom ind med en stor buket blomster i favnen, som hun prakkede Amanda på. ”Jeg nåede aldrig at sige tillykke med rollen.”

Bag hende myldrede teaterbesætningen ind. Gerhard svingede med en flaske champagne. ”Men drik nu ikke det hele på en gang.”

”Ikke alene i hvert fald.” Iben gik og delte papkrus ud.

Der var kun lidt til hver, men tilstrækkeligt meget til at løfte lydniveauet, mens kollegerne én efter én defilerede forbi Amanda for at give hende knus.

Stemningen steg, lige til Jens Peter dukkede op, med usvigelig sans for dårlig timing og med Jesper i kølvandet. "Jeg vil nødig spolere den gode stemning," sagde han højt. "Men må jeg bede om et øjebliks opmærksomhed."

Latteren døde.

"Du er den fødte humørbombe," sagde Grete ind i tavsheden.

*

Det var gået over al forventning med at påkalde sig opmærksomhed. Desværre. 'Sminkens' halogenlygter fik sveden frem på Jensen pande, og ved synet af alle de scenevante skuespillere, der stod og stirrede forventningsfuldt på ham, følte han pludselig med Juliet og hendes sceneskræk.

Han rømmede sig. "Vi har to billeder af en mand i orange kedeldragt, som vi gerne vil bede jer se på. De er taget i Skolegade på premiereaftenen. Kan nogen af jer genkende ham?"

"Er det morderen?" spurgte en stemme.

"Muligvis er det et vidne." Jensen gik raden rundt med sin telefon.

For at holde fokus på den ukendte mand, havde han på forhånd skåret Walter Richard ud af billederne, men lige lidt hjalp det. Reaktionen var den samme alle vegne.

Træk på skuldrene, hovedrysten. "Det ville hjælpe at se ham forfra."

"Kedeldragten kan ellers godt være noget af vores arbejdstøj," bød Bente Lyngby ind. "Har I spurgt i service-afdelingen?"

"Hvor finder vi den?" spurgte Jensen.

"Nu skal jeg vise jer."

*

Der lå sikkerhedshjelme på en hylde. Sikkerhedsstøvler stod op ad væggen. Noget af det orange arbejdstøj, som hang på knagerne, lignede vitterligt kedeldragten fra Hannibal Svejgårds fotos.

Jensen løb kedeldragterne igennem, for det usandsynlige tilfældes skyld at finde blodpletter på en af dem. Så heldig var han selvfølgelig ikke. I givet fald tvivlede han også på, at manden havde hængt kedeldragten tilbage. Arbejdshandskerne, der lå rundt omkring, var lige så uplettede.

"Har du styr på, hvor mange kedeldragter, der burde hænge her?" spurgte han.

"Det er vist mest overskudstøj, du ser. De fleste medarbejdere får deres eget sæt, som de hænger i deres personlige skabe." Bente Lyngby åbnede lågen til et af dem. Det var tomt. Flere af de andre hang der hængelås for.

"I må hellere spørge dem selv." Hun så på sit ur. "Bortset fra, at de nok holder fyraften lige nu."

"Har du mulighed for at indkalde dem i morgen?"

"Selvfølgelig. Men I skal vide, der aldrig har været et

ondt ord mellem dem og Louise. Tværtimod. Hun elskede at pjanke med dem, og de elskede hende for det. Hvis nogen af dem vidste noget om drabet, ville de garanteret have meldt sig.”

”Vi må vende hver en sten,” sagde Jensen.

”Vi kender i hvert fald én, der må have set vores mystiske arbejdsmand forfra,” sagde han til Jesper, da teaterchefen var gået op på sit kontor.

”Walter Richard.”

”Bingo.” Jensen ringede ham op.

*

Instruktøren kom fra et møde med sin advokat på Banegårdspladsen, sagde han i telefonen, og ville gerne mødes med dem. ”Hvor er I henne?”

”På teatret.”

”Det er nok ikke lige det bedste sted for mig. Hvad siger du til at mødes på halvvejen? Salling Rooftop?”

De gik op ad gågaden og ind i stormagasinet og tog elevatoren op til sjette sal og fortsatte derfra ad trappen til tagterrassen, hvor der herskede fyraftensstemning. Forretningsfolk på vej hjem fra arbejde fik en kop eller et glas i den tidlige aften. Solen skinnede på dem og på byens måger, der sejlede hen over byens tage.

Man anede banegården i den ene ende af strøget, Domkirken i den anden og nordbyen bagved, hele vejen ud til Risskov, hvor Jensen boede. Til vovehalse uden højdeskræk var der installeret en gangbro uden for rælingen, med glasfliser på gulvet og frit udsyn ned til strøget og til fodgængerne, der på den afstand lignede myrer.

Den udfordring slap Jensen heldigvis for at tage imod, fordi Walter Richard allerede sad ved et bord, med et glas af det, der lignede whisky.

Han rejste sig høfligt. "Hvad må jeg byde på?"

Jensen købte selv to kopper kaffe til sig og kollegaen, som de satte sig med. "Du mødtes med din advokat?"

"Ja, de skal i hvert fald ikke tro, jeg lægger mig fladt ned på teatret," sagde instruktøren. "Det kan godt være, at folkedomstolen har talt, men hvis jeg bare lader mig skubbe ud i kulden uden at protestere, ligner det en tilståelse af noget, jeg ikke har gjort."

"Vi taler om din suspendering?"

Walter Richard klirrede med isterningen i sit glas. "Næste stop: fyring, hvis jeg ikke tager til genmæle. Men jeg har ikke *krænket* nogen, og hvis de vil mig noget, må de blive mere konkrete."

"Lad mig selv blive mere konkret." Jensen viste ham Hannibal Svejgårds billeder på sin telefon.

"Hvem har taget dem?"

Jensen overhørte spørgsmålet. "Sagens kerne er den, at du opholdt dig bag ved Aarhus Teater i forgårs ved halvsyvtiden. Omkring gerningstidspunktet. Måske lidt senere."

"Det er vel ikke forbudt."

"Dengang, jeg spurgte dig, hvornår du sidst havde set Louise, påstod du, at du havde forladt teatret klokken kvart i seks."

"Plus minus, ja, og det var ikke en påstand. Det var sandheden."

”Hvad laver du så her på billedet?” Jensen lagde telefonen på bordet.

”Jeg *ville* have talt med hende igen. Men det var ikke det, du spurgte om.” Isterningerne lød stadig mere irriteret. ”Jeg ville have talt med hende, men jeg ombestemte mig.”

”Fordi?”

”Hvad var pointen? Det ville kun have skabt mere rav i den, og jeg skyldte Louise ro før forestillingen.”

”Har det noget med manden at gøre, der kom ud her?” Jensen klikkede på manden i kedeldragt.

Richard flyttede telefonen lidt længere væk. ”Hvem skulle det være?”

”Det håbede vi på, du kunne fortælle os.” Jensen scrollede videre til Svejgårds andet billede. Det, hvor Richard drejede hovedet efter manden. ”Du åbner munden. Var der noget, I sagde til hinanden?”

”Hvad skulle jeg have snakket med en fremmed for?” Richard kradsede sig på hagen. ”Det var altså ikke lige top of my head.”

*

”Top of my head,” sagde Jensen på vej ned i elevatoren. ”Er det kun mig, eller lyder det som en udflugt?”

”Lyder det som et ledende spørgsmål?” spurgte Jesper.

”Ved du, hvad jeg tror?”

”Det tror jeg, du vil fortælle mig lige om lidt.”

Elevatoren standsede. De var nået ned til stueetagen og gik ud på gågaden, ud blandt myrerne, der på tæt hold igen lignede helt almindelige fodgængere.

"Jeg tror, man tænker bedst på en tilfreds mave." Jensen gik over på hjørnet med Østergade, hvor Børnenes Kontor havde en pølsevogn stående.

"To ristede hotdogs med det hele," sagde han og benyttede lejligheden til at købe et klippekort ved samme lejlighed. Klippekortet gav mængderabat. "Seks hotdogs til prisen for fem. Det kan man da hurtigt få brugt."

"Du er en rigtig gourmet," sagde Jesper.

"Det er med at spise dem, så længe de endnu fås."

De fik deres mad udleveret sammen med to store Cocio og satte sig ved et af de runde metalborde.

"Selv om Richard nægter at hjælpe os med at finde manden i den orange kedeldragt, må vi da kunne få et eller andet ud af de billeder." Mens de spiste, eksperimenterede Jensen med indstillingerne.

Han forstørrede og formindskede. Han brugte filtre til at ændre på kontrasterne, men intet hjalp. Mandens kind var for lidt at gå efter.

Til gengæld taggede billededitoren nogle andre ansigter i baggrunden. Der havde været liv i Skolegade. En gruppe unge fyre stod for eksempel og pjattede uden for provstens bindingsværkshus. En af dem holdt sin telefon op som et kamera.

"Kunne det tænkes, at han uforvarende er kommet til at fotografere arbejdsmandens ansigt forfra?" I så fald burde det være muligt at identificere de unge fyre og spørge om lov til at se hans billeder.

”Han tager vist kun selfier.” Jesper havde sin egen telefon fremme. ”Men her skal du se!” Han krøllede sit pølsepapir sammen og smed det i skraldespanden. ”Vi har fokuseret helt forkert.”

”Hvordan?” Jensen bøjede sig over til ham.

”Fint nok med ansigterne, men har du tænkt over arbejdsmandens hænder?”

”De er i handsker.” Lysegrå arbejdshandsker med en blå stribe rundt om håndleddet.

”Og se, hvad de efterlader på Richards jakke her, hvor arbejdsmanden strejfer ham.”

”En plet.”

”En rød plet.”

Jespers iver smittede. ”Blod?”

”Det lyder som et bud.”

De kiggede på hinanden.

”Et godt bud.” Jensen skålede med resten af sin Cocio. ”Det er det, jeg siger. Man tænker bedst, når maven er glad.”

Tre minutter senere stod de på Salling Rooftop igen, men Richard var gået. ”Jeg gik hjem,” sagde han, da Jensen ringede.

”Hvor bor du henne?”

”På Aarhus Ø. Vi har en lejlighed i Isbjerget.”

*

De fik fat i en bil på Politigården, selv om det næsten ville have været lige så hurtigt at løbe derud.

Foråret havde skabt aktivitet ved kaffeboderne omkring Havnebassin 7. Længere ude på den halvø, der engang havde været Nordhavnen, blev der stadig bygget, og de højhuse, der før havde lignet skyskrabere, blev efterhånden sat på plads af det rekordhøje Lighthouse. Isbjerget var dog stadig let at kende på sin skinnende hvide farve og de forskudte etager.

Om natten blev der kørt race på den brede Bernhardt Jensens Boulevard. I dagslys føltes det sikkert nok at stille bilen lidt ureglementeret på hjørnet med Mariane Thomsens Gade. De gik op ad gaden og rundt om bygningen og fandt Walter Richards opgang.

Han åbnede for dem på tiende sal, iført jeans og T-shirt. "I spilder ikke jeres tid."

"Må vi komme ind?"

Det var en stor og lys lejlighed med stuepalmer i krukker og litografier på væggene og et åbent reolskab med glaskunst på hylderne. Glasdøren stod åben til hans altan med udsigt over både nogle af de andre bygninger i højhuskomplekset og Aarhus Bugt. Vandet glitrede, og langt ude sejlede en yacht forbi med lige dele sol og vind i sejlene. Men det var ikke udsigten, de var kommet for at nyde.

"Den blazer, du havde på for nylig," sagde Jensen. "Sidste gang, du mødtes med Louise."

"Hvad med den?"

"Vi vil gerne se på den."

"Så kommer I for sent, er jeg bange for."

"Hvad skal det sige?"

"Jeg smed den ud og gik hjem og skiftede." Richards

ansigt ville have gjort sig ved et pokerbord.

Kapitel 16

Frisk havluft strømmede ind ad Walter Richards åbne altandør. Næsten lige så frisk som duften af hans aftershave.

I Richards kredse gjaldt der sikkert andre normer for påklædningen end hos almindelige dødelige, tænkte Jensen. Alligevel kunne han ikke skjule sin forbløffelse. ”Du smed din gode blazer ud?”

”God og god.”

Det mest forbløffende var instruktørens nonchalance. Gerningsmænd bortskaffede jævnligt beviser, men indtil for et øjeblik siden havde Jensen ikke opfattet Walter Richard som gerningsmand.

”Hvorfor?” spurgte han med en stikkende fornemmelse af, at Grete kunne have fundet på at spørge ham om det modsatte: ”Hvorfor smider du ikke *din* gamle blazer ud?”

Richards blazer havde bare set hverken slidt eller gammel ud på Svejgårds billede – eller ude af facon for den sags skyld, men tværtimod elegant og ny.

Instruktøren trak på skuldrene, som om Jensen havde spurgt til gårsdagens restaffald. ”Der var kommet en plet på.”

”*Hvor* på?” spurgte Jensen.

Richard udpegede et sted hen over maven, lige under ribbenene. Det sted, hvor arbejdsmandens handske havde strejfet ham på billedet. ”Må jeg spørge, hvad det handler om?”

”Hvad var det for en plet?” spurgte Jensen.

”Det lignede ketchup.”

”Eller blod?”

Richard måbede.

”Tanken var ikke faldet dig selv ind?” spurgte Jensen.

Instruktørens nonchalance smuldrede synligt. Næsten også for synligt. Som om han spillede for tilskuerne på sidste række, tænkte Jensen med en vis irritation. For dem, der ikke var i stand til at afkode følelsesregisterets finere nuancer.

Som en anden J.R. Ewing styrede Richard over mod en hylde med sprut i krystalkarafler. ”Jeg trænger til et glas. Hvad må jeg tilbyde jer?”

”Bare sandheden,” sagde Jensen.

”Den har jeg fortalt.” Richard skænkede til sig selv.

”Én plet på jakken, og du smider den ud?” I en anden sammenhæng ville det bare have bekræftet Jensens opfattelse af den kreative klasse: at gå ind for genbrug, lige indtil man fik behov for en ny bæredygtig garderobe. Men ikke når det gjaldt spor i en drabssag.

”Ikke på en god dag.” Richard kiggede på Jensens trofaste anorak. ”Men Bente havde lige sparket mig ud. Jeg var stresset og træt af hele teatret, og så begynder min jakke at klistre.”

”Hvor smed du jakken ud henne?”

”Helt reglementeret i en skraldespand. Jeg kan beskrive den for jer.”

”Du kan vise os den.”

De tog ham med ned til bilen og tilbage til Skolegade, hvor Richard uden tøven udpegede en kommunal skraldespand. ”Men den er sikkert blevet tømt,” sagde han med slet skjult fornøjelse.

Blazeren lå der i hvert fald ikke længere.

"Den burde stadig kunne spores," påstod Jensen, selv om han indeni stønnede ved tanken om at først at skulle rekvirere AffaldVarme Aarhus' logbøger og derefter at grave efter blazeren på en kommunal mødding blandt snaskede køkkenruller og andet restaffald.

"Held og lykke med det." Richard gik tilbage til bilen.

Men Jensen havde fået nok. "Jeg tror, du bliver nødt til at finde en anden kørelejlighed. Vi har travlt med at komme tilbage til Politigården."

"Det var da den værste vrøvlehistorie, jeg længe har hørt," sagde Jesper, da de rent faktisk kørte tilbage til Politigården alene. "Hvis han smed jakken ud, må han have vidst, der var blod på."

"Hvis han vidste, det var blod, ville han snarere have brændt den," sagde Jensen.

"Måske troede han vitterligt bare, det var ketchup."

"Måske var det bare ketchup."

"Så får du i hvert fald ikke mig ud på lossepladsen efter den."

"Godt argument," sagde Jensen. Alle argumenter, der sparede dem for den kommunale mødding var gode. "Men en ting må man lade ham. Hvis det kun var en røverhistorie, han bandt os på ærmet, gjorde han det i hvert fald dygtigt. Ikke noget med at benægte eksistensen af en plet. Tværtimod vendte han den til sit eget argument for at smide jakken ud."

"Men hvorfor?"

"En mand som han har vel så mange jakker."

”Du ved, hvad jeg mener.” De var nået tilbage til Politigården, og Jesper kørte bilen ned i kælderen for tjenestekøretøjer. Han slukkede motoren.

”Det gør jeg,” sagde Jensen. En vag forklaring begyndte at forme sig i hans hoved, og Stiftens dækning næste morgen bekræftede den forklaring.

*

Stjerneinstruktør sagsøger Aarhus Teater, hed den ene af Stiftens overskrifter. Efter sit møde med advokaten var Richard gået til angreb i medierne.

Sigurd Petersen havde fået sit interview, hvor stjerneinstruktøren ikke lagde fingre imellem. Richard langede ud efter 'krænkelseskulturen, der var gået for vidt' og påberåbte sig 'pligten til at forsvare sig mod falske beskyldninger'. Det mest sigende afsnit handlede om hans kones opbakning. *Uden Karla ville jeg give op.*

”Der har vi en mand, der forstår at værdsætte sin kvinde.” Grete kom ud i køkkenet i sin badekåbe. Hun kyssede Jensens nakke, mens hun skimmede artiklen.

Lige så stille var de ved at etablere en bæredygtig morgenrutine med en fælles kande kaffe og hver sin foretrukne menu: havregryn til Jensen, knækbrød med ost og marmelade til Grete.

”Hun støtter mig last og brast,” læste Jensen højt.

Grete skænkede op af kaffen. ”Er det sådan en kone, du selv kunne ønske dig?”

”Hun er forretningskvinde,” sagde Jensen. ”Men hun

gør det nu ikke så betingelsesløst, som Richard får det til at lyde." Dagen før, da han besøgte Karla Richard i Filmby Aarhus sammen med Signe, havde hun været meget udtalt om sin betingelse. "Næste gang, Richard beviseligt jokker i spinaten, ryger han ud som både ægtemand og klient."

Grete pustede dampen væk fra sin kop. "Så ville han sikkert ikke være glad for at få udbasuneret sin affære med Rikke Hviid."

"Lige mine ord."

Selv den sløve trafik ned ad Dronning Margrethes Vej kunne ikke spolere hans gode humør. Riis Skov grønnedes, og det samme gjorde hans håb om at knække Richards løgn. Jensen rullede vinduet ned og nød duften af frisk ramsløg, mens han planlagde, hvor de skulle sætte brækjernet ind.

*

Lars Henning var skeptisk. "For nu at skære det ud i pap tror du, at Richard kendte den ominøse mand i kedeldragten, som kom ud fra teatret med blod på hænderne?" spurgte han, da Jensen havde fremlagt sine argumenter for kollegerne.

Også i parolesalen holdt foråret sit indtog. Lea havde ligefrem vippet persiennerne ned mod den blændende sol, men den skinnede stadig ind ad den åbne terrassedør.

"Jeg tror, at Richard udmærket vidste, hvem der havde plettet hans jakke."

”Og du tror, at han lyver, fordi Rikke Hviid presser ham til det?”

Jensen tog lidt mere kaffe fra kanden. ”Lige nu er det mit bedste bud, ja. Hvis han fortæller os sandheden, truer hun med at sladre til hans kone om deres affære.”

”Men hvorfor skulle hun ønske at beskytte gerningsmanden?”

”Det tænker jeg, vi kommer til,” sagde Jensen. ”Og til det formål kunne jeg godt tænke mig at samle noget mere skyts, hvis du er med på den.”

”Siden hvornår er du begyndt at spørge.”

”Fordi det vil kræve lidt fælles hjælp,” sagde Jensen, ”til at arrangere en konfrontationsparade?”

*

Først mødtes han og Jesper dog med Bente Lyngby og de servicemedarbejdere, hun som lovet havde indkaldt, i deres omklædningsrum. Selv om han kendte de fleste teateransatte af udseende, kunne han kun sætte navn på to af dem: John og Benny, der holdt sig lidt anonymt i baggrunden.

Lige som de andre fem mænd og tre kvinder lyttede de opmærksomt til hans ærinde, da han lod Svejgårds fotografier gå rundt, som han i mellemtiden havde printet ud og forstørret.

Lige som skuespillerne havde gjort, rystede servicemedarbejderne dog også på hovedet. Ingen genkendte manden på hverken kedeldragten eller hans snuskede kind.

"Det var i hvert fald ikke mig," sagde en lettere overvægtig fyr, hvis talje givetvis også ville have været svær at skjule.

"Heller ikke mig," sagde en anden, der var tæt på to meter høj.

"Jeg har ikke skægstubbe," sagde den yngste af de tre kvinder, som var lyshåret.

"I lagde ikke mærke til nogen, som ikke burde have været her den aften?" spurgte Jensen.

Svaret var mere hovedrysten.

"Savner nogen af jer sin kedeldragt?" spurgte han. "Kan den være stjålet? Eller et par arbejdshandsker?"

Da der stadig ikke var bid, slap han dem fri, med tak for hjælp, og de defilerede ud forbi ham, småhviskende og skuldertrækkende. Kun én blev stående.

Jensen smilede til ham. "Benny. Hvad kan jeg gøre for dig?"

Benny krattede lidt med sine sikkerhedssko på betongulvet. "Min kedeldragt mangler rent faktisk, men det var ikke mig, der tog den."

Hans isse spejlede lyset fra et neonrør. "Og det var altså heller ikke mig på billedet. Jeg ligner jo ikke engang."

"Det er noteret," lovede Jensen ham. "Kan du huske, hvornår du sidst har set den kedeldragt?"

"Jeg er bare sikker på, at jeg hængte den op på knagen her helt yderst, da jeg fik den udleveret. Og nu er den væk."

"Okay."

"Den var til udendørs brug, men så fik jeg den tjans med at sprøjtemale kulisserne." Han skævede til Bente Lyngby, der lyttede med. "Jeg er glad for den chance, jeg har fået her på teatret, så jeg ville aldrig gøre noget, der bringer mig i *bad standing*."

"Det er godt at høre." Bente Lyngby klappede ham på armen. "Vi er glade for at have dig blandt os."

"Nu du er her, kunne jeg godt finde på at bede dig om en tjeneste," sagde Jensen til ham.

"Ja. Jo?"

"Vi kender faktisk én, der muligvis har set ansigtet her forfra." Han holdt billedet af den snuskede kind frem. "Han husker bare ikke så godt, så derfor vil vi gerne hjælpe ham på vej med en konfrontationsparade. Du husker sikkert, hvordan det foregår."

Benny mandede sig op. "Du har ikke noget at sigte mig for."

"Det er derfor, jeg spørger. Du skal bare være med som konfigurant."

"Okay …"

"Jeg vidste, jeg kunne regne med dig."

Jensen talte kedeldragterne på knagerækken. Der var fire. "Kan vi skaffe fire mere?" spurgte han Bente Lyngby.

*

I en konfrontationsparade stillede man som regel den mistænkte op i en række med fem til syv 'konfiguranter', personer af lignende alder, højde og drøjde og bad et vidne tage rækken i øjesyn. Hvis vidnet udpegede den mistænkte, kunne det bruges som bevis i en efterfølgende straffesag.

Deltagelsen var frivillig for alle bortset fra den mistænkte, så da Jensen i dette tilfælde ikke havde en egentlig mistænkt, kostede det ham lidt overtalelse at samle sit dream team i sminken: Amanda, Juliet, Gerhard, Asger, Benny, Karla, Mortimer og Rikke.

Bente Lyngby havde skaffet otte orange kedeldragter og kasketter og dertil indlægssåler og skulderpuder til at justere højden på de laveste og bredden på de smalskuldrede. Grete og Ulla gav statisterne mørkt pudder på kinderne, og efterhånden som de begyndte at ligne kloner af hinanden, bredte morskaben sig.

Lidt nervøsitet blandede sig også. "Hvis han udpeger mig, er det altså en fejl," sagde Benny.

"Hvordan skal han kunne udpege nogen af os?" trøstede Rikke Hviid ham. "Jeg kan dårligt nok kende mig selv."

"Det er næsten som at være skuespiller," sagde Mortimer.

Spændingen mindede da også om lampefeberen før en forestilling, da Jensen gelejdede gruppen til Studio scene, som han bevidst havde udvalgt til formålet.

Alting lå åbent frem her. Intet tæppe skilte skuespillerne fra publikum. Ingen fjerde væg, som Walter Richard havde forklaret ham ved deres første møde. Ingen fjerde væg ville skille ham fra figuranterne om lidt, når han afskridtede rækken, og de sorte kulisser skabte den rette neutrale baggrund.

Jesper havde installeret et kamera foran scenen for at filme figuranternes ansigter, når Richard kiggede på dem. Bagved stod Signe klar til at filme Richards ansigt.

”Så går det løs.” Jensen tog ordet nede fra salen. ”Jeg vil gerne bede jer stille op i en række, på langs med scenekanten. Forestil jer et publikum, som I kigger på. Fint, og så et par skridt baglæns. Perfekt.”

En forventningsfuld ro sænkede sig.

”Om lidt kommer Walter Richard ind. Jeg ved selvfølgelig godt, at I kender ham alle sammen, men lige for en stund må I gerne lade som ingenting. Kig på ham, hvis han beder jer om det, eller vend siden til, hvis han synes, men ellers lægger I alle personlige følelser til side. Kan I gøre det?”

De vendte tommelfingrene i vejret.

”Knæk og bræk, så.” Forestillingen kunne begynde.

Han gav tegn til kulisserne, hvor Lars Henning havde ventet med Richard. ”Så må du gerne komme ind.”

”Hm.” Instruktøren var helt åbenlyst ikke vild med situationen, da Lars Henning førte ham til scenekanten.

”Vi ved, at du så en person i kedeldragt komme ud ad bagdøren til Skolegade ved halvsyvtiden i torsdags,” forklarede Jensen. ”Tag et godt kig på vores hjælpere deroppe og se, om nogen af dem kunne minde om den person, du så.”

”Jeg synes, jeg kender dem alle,” sagde Richard.

Jensen overhørte joken. ”Giv dig god tid. Så taler vi om dit indtryk bagefter.”

Richard begyndte at afskridte rækken. Selv om der

ikke stod noget på spil for de fleste af statisterne, fornemmede Jensen en sitrende spænding, hver gang Richard blev stående ved en af dem. Ikke mindst, da han nærmede sig Rikke helt ude på fløjen.

Fra starten havde hun gjort som alle de andre og set uinteresseret ud, men i det korte øjeblik, deres blikke mødtes, skete der det, som Jensen havde håbet på.

"Det er i hvert fald ikke nogen af de her, jeg så den aften," påstod Richard.

Men Jensen vidste, det var løgn, for der var noget han selv havde set, og han kunne ikke vente med at få det gentaget på film.

*

"Der!" sagde Jensen. "Stands!"

Han og kollegerne var tilbage på Politigården og havde rullet persiennerne ned i parolesalen for at se optagelserne fra konfrontationsparaden igennem.

Umiddelbart efter seancen havde han ladet, som om han godtog Walter Richards forklaring. Ingen af de otte personer på Studio scene var den person, der havde plettet hans pæne jakke tre dage forinden, påstod Richard. Men han sagde ikke hele sandheden, fornemmede Jensen, og mod slutningen af Jespers film dukkede den situation op, der bekræftede fornemmelsen.

Situationen, hvor Richard stod over for Rikke Hviid. Mens han inspicerede de andre syv, havde hun set uinteresseret ud. Det ændrede sig, da de stod ansigt til ansigt.

Jesper standsede filmen. Et lille nøk for sent.

”Kan du spole tilbage?” spurgte Jensen. ”Bare to sekunder.”

Jesper havde kun lige startet filmen igen, da Jensen holdt en hånd op. ”Stop!” Og denne gang blev den stående på lige netop det rigtige sted.

”Kan I se?” Jensen gik hen til skærmen og pegede på en trækning i Rikkes ansigt. Lige under øjnene rynkede hun huden sammen. Han kendte signalet. Sådan plejede Grete at gøre, når hun syntes, han dummede sig.

”Hold mund!” kom han til at sige.

”Hvad?” spurgte Lars Henning.

”Det er det, hendes mimik betyder. Kan vi sætte filmen med Richard på?”

På Jespers film havde Walter Richard gået med ryggen til. Signes film fangede ham forfra, mens han afskridtede rækken af de ensklædte statister. Med et ligegyldigt udtryk på ansigtet, lige indtil han nåede hen for enden af rækken, og Jensen råbte ”Stop!”

”Det er der, Rikke sender ham signalet,” sagde Jensen. ”Må vi se hans reaktion igen? Kan du køre filmen langsomt?”

Signe kørte filmen frem og tilbage nogle gange, i langsom gengivelse, og for hver gang blev det korte ryk i Richards øjne mere tydeligt.

Det var en ubevidst reaktion, som Jensen kendte fra sig selv, når Grete gav ham *blikket*. Som et mildt strømstød i nervebanerne, der fik det hvide frem rundt om regnbuehinden.

”Rikke Hviid har krammet på ham. Hvis han dummer

sig, vanker der."

Kapitel 17

En af byens måger sejlede hen over den åbne dør til Politigårdens tagterrasse. Bortset fra dens hæse skrig var der blevet stille i parolesalen. Kollegerne sad og kiggede på skærmen, hvor filmen havde frosset Richards ansigt fast i en ubevidst grimasse.

”Han er bange for at røbe hende, fordi hun truer med at sladre om deres affære til hans kone,” sagde Jensen.

”Ja, det påstår du,” sagde Lars Henning med kun den mindste snert af tvivl i stemmen.

”Karla Richard lagde i hvert ikke skjul på, at hun ville slå hånden af ham næste gang, han dummede sig.”

”Kan vi få Svejgårds foto op på skærmen?” spurgte Lars Henning. ”Der, hvor ham arbejdsmanden vender kinden til? Eller arbejdskvinden, hvis det i virkeligheden var Rikke Hviid?”

Jesper satte billedet fra Skolegade op og kørte cursoren ned langs halsen og hagen. ”Det kunne godt være hende.”

Lars Henning brummede. ”Hvis man vil have det til at ligne, kan man godt, ja.”

”Hun excellerer i at klæde sig ud,” sagde Jensen. ”Hun ville gerne selv have været skuespiller.”

”Så længe Richard holder hånden over hende, tror jeg bare, du får svært ved at få medhold i retten. Tvivlen kommer den anklagede til gode, husker du.”

”Lad os nu se, om vi ikke kan spille dem ud mod hinanden, hvis jeg indkalder Richard til en kammeratlig samtale.” Jensen rystede kaffekanden fra morgenmødet. Der var lige en lille bundskjuler i, som han vred ned i sit krus.

"Dig?" Lars Henning viste sin spydige side.

Kaffen var kold, og noget grums knasede mellem tænderne. Jensen vidste da godt selv, at han ikke duede til at sætte tommelskruer på. "Måske får jeg brug for en hjælper."

"Var noget for dig at spille den barske part?" spurgte han Signe.

*

Walter Richard havde virket overlegen, da de mødtes i hans lyse lejlighed. Det lille forhørslokale, Jensen indstævnede ham til på Politigården, tog noget glans af stjerneinstruktøren, selv om han stadig forsøgte sig med en let tone. Ikke mindst over for Signe.

"Ingen vinduer?" Han så sig omkring. "I tror vel ikke, jeg vil prøve på at flygte?"

"Har du en grund til det?" Hun hverken smilede eller gengældte hans skælmske blink med det ene øje. "Sid ned!"

Richard satte sig ved det lille bord, men det var tydeligt, at han stadig opfattede Jensen som forhørslederen. "Jeg troede ellers, vi var færdige med hinanden efter jeres …" Han gjorde stemmen pompøs. "… *konfrontationsparade*."

Jensen smilede til ham fra den anden side af bordet.

Signe var blevet stående bag ved instruktøren. "Du ville have været færdig med os, hvis du havde fortalt sandheden," sagde hun.

"Det gjorde jeg da."

"Lad nu være med at lyve." Hans forurettede tone bed ikke på hende. "Sandheden er, at du ved lige præcis, hvem der kom ud fra teatret få minutter efter drabet på Louise."

"Jeg aner ikke, hvad du snakker om."

"Vi kunne se det på dit ansigt, da du kiggede på Rikke Hviid."

"Vrøvl."

"Vi har det lidt i politiet, som I sikkert har det på teatret," forklarede Jensen. "Én ting er skuespillernes replikker, men halvfems procent af spillet ligger mellem linjerne."

"Og?"

"Du lyver, fordi Rikke Hviid truer dig." Signe lænede sig ind over Richard.

"Er det nu, jeg må bede om min advokat?"

"Handler det om jeres affære?"

"Affære?" Richard krydsede armene. "Jeg har ikke da nogen affære."

"Du mødtes ikke med Rikke Hviid på Hotel Ritz?"

"Beviser, tak!" Han spillede indigneret, men den lille bevægelse, da hans hånd gik til kinden, røbede, at hotellets navn havde ramt.

"Med paryk på og nedringet kjole under frakken?" blev Signe ved.

"Det fugleskræmsel?"

"Må vi citere det for hende, eller skal vi tale med din kone først?"

En åre dirrede på Richards tinding.

Tiden var moden til at foreslå ham en udvej fra den krog, han efterhånden havde malet sig op i. ”Det kan jo være, I bare fik en kop kaffe sammen?” sagde Jensen. ”Karla mødes løbende med folk fra branchen. Det samme kan du vel gøre.”

Richard åbnede munden som en fisk, der havde lugtet maddingen, men alligevel fornemmede en fælde. ”I vil have mig til at beskylde Rikke for drabet på Louise.”

”Måske er der en anden forklaring på, hvordan hun fik Louises blod på handsken?”

Richard blev stille.

Jensen rejste sig. ”Tænk over det.” Han åbnede døren.

”Var det alt?” spurgte Richard.

”Indtil videre, ja.”

”Så farvel.” En flig af hans hovmod stak hovedet frem igen. ”I vil forstå, at jeg springer takken over.”

”På gensyn,” rettede Signe.

*

”Godt gået,” sagde Jensen, da de havde gelejdet en vred Walter Richard ud af Politigården og blandt andet benyttede lejligheden til at få lidt af den tidlige aftensol på ansigterne. ”Du rystede ham.”

”Jeg var kun lige begyndt.” Signe kiggede efter instruktøren, der stod på fortovet og ventede på at krydse hen over Sønder Allé til Rutebilstationen – og muligvis derfra til sin advokat. ”Hvorfor slap du ham fri?”

214

Selvfølgelig ville hun gerne have fortsat med at ryste Richard. Jensen forstod hende godt, men lige nu var det mere interessant at se den afsatte teaterinstruktør tage en chance, da trafikken gik halvvejs i stå, og han kastede sig ud mellem bilerne. At se ham stikke halen mellem benene. Det var den anden grund til at hænge ud lidt endnu.

”Lad ham nu bare stege lidt i hans eget fedt.”

”De havde godt nok advaret mig om, at du er den bløde type.”

”Og så lykkedes det mig alligevel at overgå dine værste forventninger?”

”Sådan var det ikke ment.” Måske var det bare solen, der farvelagde hendes ansigt.

”Jeg tog også fejl af dig i starten,” skyndte han sig at indrømme. ”Kan du huske, da jeg troede, jeg skulle beskytte dig mod Richard den første aften?”

”Ja. Og?”

”Nu er jeg nået dertil, hvor jeg beskytter ham mod dig.”

Hun boksede ham i siden.

”Nåde!”

”Ja, pas du hellere på dig selv.”

Det føltes godt at grine sammen, og han var lige ved at give hende et knus for det, men styrede sig. ”Lad os nu se, hvad Rikke Hviid egentlig har på samvittigheden.”

”Drabet på Louise, vel?”

”Det er vores bedste bud, ja.”

”Hvad skulle der ellers være af bud?”

”Vi mangler stadig at høre Thomas om pistoltyveriet.”

Jensen indtastede polititeknikerens nummer på sin telefon.

*

Stemningen i omklædningsrummet var afslappet efter konfrontationsparaden. Grete smilede af statisterne, der jokede om, hvordan det havde været at stå på scenen. Selv om flere af dem plejede at gøre det foran et stort publikum hver aften, havde nerverne været på højkant ved at spille for politiet, fornemmede hun.

"Man skulle næsten tro, at I alle havde noget på samvittigheden," sagde hun ind i kakofonien, men blev enstemmigt afvist.

Kedeldragterne faldt, kasketterne røg hen på hylden. Ulla og hun hjalp med at afsminke ensemblet, og en efter en gik de hver til sit, stadig småsnakkende, indtil kun Rikke Hviid blev tilbage.

Juliets mor havde været næsten lige så overstadig som de andre, men i den lille kreds blev hun mere alvorlig. "Har du et øjeblik til mig?" spurgte hun Grete. "Under fire øjne?"

Ulla forstod den hårfine hentydning. "Det er vist alligevel fyraften for mig."

Hun gav Grete et farvelknus og efter en kort tøven også sin tidligere kollega, der for en gangs skyld så brødebetynget ud. Hvilket hun i Gretes optik også havde grund til efter gårsdagens optrin på Filuren.

Juliets fortælling fra sin barndom havde mindet Grete

om beretningerne fra alkoholikerbørn. Om skyld, skam og svigt. Om at holde facaden. Med det ekstra tvist, at Rikkes facade havde været den opofrende mor, som kun ville sin datter det bedste. Når hun i virkeligheden overskred hendes grænser.

”Jeg skulle ikke være gået over gevind,” sagde Rikke Hviid. ”Det har aldrig været min mening at pace hende.”

”Det vil Juliet være glad for at høre,” sagde Grete.

”Talte I mere sammen om det i går?”

Grete havde en skarp bemærkning lige på tungen, men bed den i sig. ”Er det ikke bedst, hvis du selv tager det op med hende?”

Blodet forsvandt fra Rikkes læber. ”Jeg kender Walter fra *way back*. Fra før han blev et stort navn. Fra dengang, vi havde ham til drama på højskolen. Han var ikke meget ældre end de fleste af os.”

Hun tog en af kasketterne fra hylden og fingererede ved den. ”Det var ikke talent, rollerne blev fordelt efter til vores afgangsforestilling. Ikke talent på scenen i hvert fald. Og heller ikke talent i sengen, når han først havde fået det, han ville. Stol på én, der ved det.”

Hun smed kasketten. ”Så du kan forestille dig, hvad det fik frem af minder, da han dukkede op her i Aarhus, og Juliet skulle gennem hans mølle.”

”Ubehagelige minder?”

”Bare så du ikke tror, jeg er hysterisk. Det har sin grund alt sammen.” Rikke Hviid trak på skuldrene. For en stund virkede hun lettet over at have delt sin forhistorie med nogen. ”Hvad tror du så, din kæreste fik ud af vores lille opvisning derude?”

"Jens Peter ville aldrig lække fortrolige oplysninger til mig." Grete kørte sit standardsvar frem i de situationer. "Det er han meget nidkær med."

"Jeg fatter bare ikke, hvorfor de lader os andre gå parade." Noget af Rikke Hviids gamle fortrædelighed brød frem igen. "En mand i kedeldragt, ja tak. Skulle de ikke hellere holde øje med Richard selv?"

"Det gør de måske også."

"Kunne de finde på at skygge ham?"

"Det har de nok ikke mandskab til. Hvorfor spørger du?"

"Ikke for noget." Rikke Hviid så på sit ur. "Men lad mig nu ikke holde på dig. Skal vi følges ud sammen?"

Uden for hovedindgangen gav hun ligefrem Grete et knus. "Venner?"

"Jeg håber også, du bliver venner med Juliet igen."

"Tak. Og med Bente. Ved du hvad? Jeg vil lige se, om hun er på sit kontor." Lynhurtigt forsvandt Rikke Hviid på teatret, og Grete stod tilbage med en underlig fornemmelse af at blive manipuleret med.

Ikke mindst, da hun opdagede, at John oppe fra snedkeriet stod med en øl uden for Café Hack. Hans uskyldige smil, da deres blikke mødtes, gjorde hende kun mere mistroisk.

"Hvad sker der?" Hun fulgte efter Rikke Hviid ind i foyeren, men for sent. Kun ekkoet af Rikkes hurtige fodtrin hang i luften længere. Men ikke fra gangen til direktørens kontor.

Grete fulgte efter lyden, bag om kulisserne til omklædningsrummene.

*

Benny boede i Fuglesangs Allés nordlige ende, i en af de gule boligblokke ud til Paludan-Müllers Vej skråt over for Storcenter Nord.

”Jensen! Og du har selskab med?” Han gjorde sit bedste for at lyde glad, da han tog imod dem på tredje sal.

”Du kender vist Signe Rasmussen.” Jensen kiggede ind ad døren, på en kort gang med sko langs væggen og jakker på en knagerække. ”Fin bolig. Må vi komme indenfor?”

”Jeg har ikke gjort noget forkert.”

”Bare til en snak blandt venner.”

Opvaskemaskinen kørte i køkkenet. Det var en toværelses lejlighed, så vidt Jensen kunne se. Et spisebord med to stole, en sofa i stuen. Et fjernsyn kørte TV2 News.

Benny skruede ned for lyden. ”Hvad handler det om?”

Signe overtog. ”Vi kommer angående den pistol, som blev stjålet fra teatret i torsdags.”

”Det var ikke mig.”

”Hvem var det så?”

”Det kan jeg da ikke vide.”

”Hvis jeg nu siger, at vi på Bente Lyngbys reservenøgle har fundet spor af den maling, som du går og sprøjtelakerer kulisserne med på teatret?”

”Maling?” Benny var ikke tabt bag en vogn. ”Oh shit, Jensen. Du løj for mig.”

”Teknisk set, ja.”

"Du skulle slet ikke bruge den til din garage."

"Nej, men ..."

"Dig, som jeg altid har troet, man kunne stole på."

"Det var for at holde dig fri af officiel mistanke," sagde Jensen, før han vitterligt gik hen og fik dårlig samvittighed.

Benny rynkede panden.

"Som du hørte, fandt vi din maling på nøglen," sagde Jensen. "Men ikke dine fingeraftryk."

"Selvfølgelig ikke."

"Og ved du, hvad jeg tænkte? Så dum er Benny da ikke, at han klatter noget af sin egen maling på den nøgle, som han vil begå et indbrud med."

"Netop."

"Og hvis nogen troede, at jeg var så dum, ville jeg føle mig stødt," sagde Jensen. "Og sørge for at få mit navn renset. Og det er det, vi kommer for at hjælpe dig med. Hvis du ellers vil give os en hånd."

Benny bed sig på læben.

"Din kollega John er ikke hjemme. Ved du, hvad han laver?"

"Oh fuck, Jensen. Det var ham, der skaffede mig jobbet."

"Og gjorde dig til syndebuk."

Benny blev rød i hovedet.

"Bare så du ved, hvem du har med at gøre," sagde Jensen til ham.

De skulle nok finde John, ville han sige til Signe på vej ned ad trappen, men hans telefon ringede.

Det var Grete. "Rikke Hviid," sagde hun. "Hvis du vil

overraske hende sammen med Walter Richard, er det nu, du har chancen.”

”Rikke Hviid og Richard?” Jensen kiggede på Signe.

”Isbjerget på Aarhus Ø. Men skynd dig.” Grete lagde på.

*

”Problemer?” På vej ud til parkeringspladsen gav Signe Jensen et bekymret sideblik.

Bare Grete ikke selv var i gang med at skabe dem, tænkte han med telefonen presset til øret. Ringetonen randt ud, og telefonsvareren satte ind, men det var hende selv, han ville tale med.

”Du kører.” Han satte sig på passagersædet og blev ved med at ringe Gretes nummer op, uden held, mens byens boulevarder gled forbi. Kaserne-, Nørre-, Øst- og til sidst Bernhardt Jensens Boulevard, for hvis ende Aarhus Ø’s højhuse fangede et strejf af aftensolen.

I Mariane Thomsens Gade bad han Signe om at sætte sig af.

”Skal jeg ikke gå med dig?” spurgte hun, men det ville bare have gjort udrykningen officiel.

Så længe han ikke vidste, hvad det handlede om, foretrak han en privat løsning. ”Jeg siger til, hvis det bliver nødvendigt.”

Primært håbede han på at kunne standse Grete, før hun blandede sig i noget, som hun gjorde bedst i at holde fingrene fra.

Da han fandt hende uden for Richards opgang, stod hun med fingrene på navneskiltet. "Hvad," han var forpustet efter at være kommet løbende, "laver du?"

"Hovedindgangen er låst," sagde hun bag over skulderen.

"Tag det som et vink med en vognstang."

"Rikke er gået op. Der er noget, hun pønser på."

Det kunne da også godt være. "Men …"

"Først ville hun høre alt om jeres overvågningsmetoder." Grete pegede på det, der kunne være et kamera over indgangspartiet. "Bagefter stjal hun en paryk og en lang frakke fra teatrets klædeskab og gik hele vejen herud."

Hun ringede på dørklokken. Ikke på Richards, men en af de andre.

"Ja?" svarede en mand gennem samtaleanlægget.

"Jeg er Poul Thomsens datter fra syvende sal. Hans dørtelefon må være i stykker, for han svarer ikke."

Buzzeren summede, og hun skubbede døren op. Før Jensen vidste af det, var de på vej op i elevatoren.

"Hvis Rikke ikke vil have, at I ser hende sammen med Richard, betyder det kun én ting," sagde Grete.

"Ja, at de har hemmeligheder sammen. Det havde vi altså regnet ud," sagde Jensen, men elevatoren standsede, og skydedøren gled op, og Grete var allerede på vej hen til Richards lejlighed, hvor hun lagde et øre til døren.

Det var ikke nødvendigt for at høre skænderiet.

"Der er nerver på," sagde hun.

Mon ikke. "Men please, Grete. Lad nu politiet om det her."

"Hvad, hvis det var en af de to, der stjal pistolen? Vil

du vente, til de skyder hinanden?" Hun bankede på, og der blev så tavst i lejligheden, at man kunne høre en dør gå.

"Han gemmer hende væk," hviskede hun.

Straks efter trak hun hovedet tilbage.

En lås blev drejet om, og der stod Walter Richard. Han kiggede fra Jensen til Grete og tilbage. "Hvad vil I?"

Grete klemte sig forbi ham, ind i stuen. "Politiet er her lige om lidt," sagde hun så højt, at det kunne høres i hele lejligheden. "Jeg vil bare forinden sige tak på Louises vegne, fordi du fortalte dem sandheden om Rikke Hviid."

Richard stivnede.

En af sidedørene gik op, og Rikke kom ud, i frakke og med sort kasserolleklip som Prins Valiant. Og med en standerlampe i hånden.

Hun bankede lampen i hovedet på Richard. "Dit svin!"

Kapitel 18

Rikkes slag med lampen sendte Walter Richard til tælling. Han tumlede og tog Jensen med i sit fald, baglæns ind i reolskabet med glaskunst. Reolerne tippede, en glasvase faldt på gulvet og splintrede, og flere truede med at følge efter, inden Jensen fik skabet stabiliseret.

Richard blødte fra panden. Hans øjne sejlede.

"Kan du høre mig?" spurgte Jensen, men fik kun et støn til svar.

Han hjalp Richard ned at ligge på sofaen, overvåget af Rikke Hviid, der stadig svingede med lampen.

Hun kylede parykken hen i et hjørne. Hendes eget hår var gået løs af nogle spænder. En tjavs hang ned over hendes øjne.

"Ingen panik nu." Jensen holdt hænderne frem.

Kun for at blive ramt på håndleddet.

Skår efter glasvasen knirkede under Rikkes fødder. "Jeg myrdede sgu ikke Louise. Bare fordi han så mig i Skolegade, betyder det ingenting."

"Nej," sagde Jensen. "Det ved jeg godt."

"Så hold grabberne fra mig."

"Klart." Han sendte Grete et advarende blik. Hun hvæssede kløer, kunne han se, men der var ingen grund til at køre konflikten op, så længe Rikke Hviid var i det hjørne.

"Og hvis der bliver mere vrøvl, har jeg min egen historie at fortælle om intimidering og politivold og hærværk. Er du med?" Hun rokkede ved reolen.

De vaser, der havde overlevet første gang, væltede ned om ørerne på Jensen, og denne gang fulgte hele reolen med.

"Grete!" Han hev hende væk, før den ramte hende.

Reolen bragede ned på gulvet.

Rikke knasede hen over skårene.

"Hun flygter." Grete kæmpede sig fri af Jensens favntag, men entrédøren var smækket.

"Fandens!" Hun bandede stadig, da Jensen fangede hende ved elevatoren. Lystavlen trackede dens frie fald ned gennem etagerne, og det hjalp ikke, at hun morsede løs på knapperne.

Jensen tog trappen. Et sted i baggrunden hørte han Grete følge efter, men han kunne ikke vente på hende.

Opgangens vægge hvirvlede forbi ham, rundt og rundt. Lettere svimmel nåede han ned i stueetagen, et surrealistisk splitsekund før elevatoren. I stedet for Rikke Hviid var det bare Grete, der trådte ud ad skydedøren.

"Jeg standsede den på vej op," forklarede hun.

"Genialt. Men kom nu!" Han brasede ud ad glasdøren, lige tidsnok til at fange et glimt af Rikke Hviids frakke flagre hen ad Mariane Thomsens Gade. "Stop!"

Hun stoppede. Fordi Signe var dukket op ude ved Bernhardt Jensens Boulevard.

"Det er politiet." Signe bredte armene ud, og hun var både stærk og hurtig. Da Jensen og Grete nåede frem, holdt hun Rikke Hviid i et fast greb.

"Godt arbejde, Signe."

"Tak."

Fråden stod fra Rikke Hviids mund. "Det her får et efterspil."

"Enig," sagde Jensen. "Du er nemlig anholdt."

"Jeg myrdede ikke Louise."

"Nej, men du hjalp ham, der gjorde det."

"Hold nu kæft."

Det gjorde han også. Ovre på den anden side af gaden havde der været en bevægelse. En mand var trådt frem af en opgang. Hans hoved var skjult i en elefanthue. Det lignede noget fra en thriller, da han hævede armen, og løbet på en skinnende sort pistol fangede lyset fra de første gadelygter.

"Ned!" Jensen bredte armene ud om de tre kvinder.

Skuddet lød kort og tørt. Lige på sekundet troede han, at Rikke havde bidt i hans arm. Så fik Signe sin egen tjenestepistol frem, og det var hende, der sigtede. På manden i elefanthue. "Smid den!"

Han sænkede pistolen, men smed den ikke. Han flygtede.

"Stands!" råbte Signe.

"Ikke skyde." Jensen trykkede hendes hånd ned mod jorden. "Vi skal nok få fat i ham. Rikke ved, hvem han er. Ikke?"

Rikke stod bare og stirrede på hans ærme, hvor stoffet var flænset op.

"Du bløder," sagde Grete.

Han tog sit rene lommetørklæde op af lommen og lagde det på skudsåret. Smerten ville komme senere. Lige nu havde de travlt. "Vi skal hen til Benny."

*

Alle parkeringspladser var optaget uden for Bennys lejlighed på Fuglesangs Allé, men det gjorde ikke Jensen noget. Han ville alligevel have valgt at holde afstand til indgangen.

"Kør ind til siden derhenne. Så kan vi holde øje med, hvem der kommer og går," sagde han til Signe ved rattet.

Hun kørte op over kantstenene og holdt stille i rabatten.

Grete og Rikke sad på bagsædet, Rikke med håndjern på for en sikkerheds skyld. Skuddet havde gjort hende tavs, men man vidste ikke, hvornår hendes temperament ville bryde løs igen.

Der havde ikke været tid til at aflevere hende på Politigården. De var kørt den lige vej, og nu håbede han bare, at de var nået frem i tide.

For en sikkerheds skyld havde han desuden sendt gerningsmandens signalement ud over radioen, men hvis han gættede rigtigt, var det her, finalen ville udspille sig.

Straks efter så han den mand komme gående, som de ventede på. Han var ikke længere i elefanthue. I stedet havde han trukket en kasket langt ned i panden og gik med ansigtet ned mod fortovet.

Idet han nærmede sig Bennys opgang, sendte han et vagtsomt blik op og ned ad parkeringspladsen.

"Duk jer," sagde Jensen.

Manden lagde alligevel ikke mærke til den umarkerede Passat. Han havde travlt med sig selv. Idet han vendte ryggen til, sprang Jensen ud af bilen og løb hen til ham.

"John?"

Teaterteknikeren stod med fingrene i Bennys postkasse. En pistol sad i klemme i sprækken, og noget af hans ene handske med. Lige så stor og stærk, han var, lige så fortabt så han alligevel ud.

"Klokken er nitten enogfyrre." Jensen tog sig til armen. "Du er anholdt for drabet på Louise Stuk og forskelligt andet."

"Og fordømt for at skubbe skylden på Benny," tilføjede han.

Johns handske hang fast i brevsprækken. Pistolen faldt ud og ramte trappestenen med et skrald, men intet skud løsnedes heldigvis. Han ville skubbe til Jensen, men Jensen trådte selv til side.

"Glem det," sagde han. "Du når alligevel ingen vegne."

En politibil uden udrykning var standset uden for ejendommen, og Jesper sprang ud. Lars Henning fulgte efter.

Kapitel 19

”Hvorfor spørger I mig, når I synes, I ved det hele selv?” John havde fået noget af sin vitalitet tilbage. Han lød tvær, men træt. Han vidste godt, han ikke ville blive sluppet fri foreløbig.

Jensen og kolleger havde kørt ham til Politigården til et første formelt forhør. Den stjålne pistol fra teatret lå mellem dem på bordet, omhyggeligt emballeret og forseglet som bevis i sagen.

”Du framede Benny for tyveriet, men det var dig, der stjal pistolen. Du tog reservenøglen fra Bente Lyngbys kontor og låste våbenskabet op med den,” sagde Jensen. ”Og hvad skete der så?”

”Ja, så kom hende kællingen ind, der skulle spille teater.”

”Louise Stuk.”

”Hun skulle bare have holdt sig væk. Jeg ved ikke, hvad hun kom ud i værkstederne for. Det var da ikke min idé.”

”Men det var din idé at bruge sværdet mod hende.”

”Hun løb ind i det.”

”Desværre for dig har vi et noget anderledes vidneudsagn om drabet.”

John lagde armene over kors.

”Lad nu mig om det her.” Lars Henning puffede til Jensen. ”Så du kan tilses af en læge.”

Jensen rejste sig lidt modvilligt. Skuddet i Mariane Thomsens Gade havde ikke været livstruende i hans opfattelse, men såret begyndte at svide, måtte han indrømme.

En sidste trumf mod John havde han dog i ærmet –
bogstaveligt. Kuglen var gået rent gennem overarmens
muskler – ind på den ene side, ud på den anden – men så
heller ikke længere.

”Der var noget, jeg fandt i foret.” Han pillede det projektil ud, som var endt i jakkens ærme.

”Du var heldig, det kun ramte mig i armen,” sagde han
til John. ”Ellers ville der have stået to drab i dit anklageskrift.”

”Smut nu hen på skadestuen, før det alligevel ender
med to døde,” sagde Lars Henning.

*

Skadestuen, ja. Men der var lige en ting mere, Jensen
manglede forinden. Han stak hovedet ind i det andet forhørslokale, hvor Signe og Jesper sad med Rikke Hviid.

”Så kan du lige nå at takke Jensen for at tage den
kugle, John havde tiltænkt dig,” sagde Signe til hende.

Rikke fnøs, men et eller andet fik hende alligevel til at
nikke. ”Tak.”

”Også tak fra mig.” Signe virkede uvant genert.

Jensen blev helt glad. ”Skulle vi ikke sige, at gode kolleger altid hjælper hinanden?”

Hun rejste sig og gav ham et knus.

*

”Det var heldigt, at kuglen kun gennemborede din arm,” sagde lægen på skadestuen. ”Det kunne have været hovedet.”

”Pyt med hovedet,” sagde Jensen. ”Så længe det ikke var hjertet.”

”Lad nu mig om hospitalshumoren.” Lægen overgav ham til sygeplejersken, der havde renset såret og nu gjorde klar med en forbinding. ”Den ændrer heller ikke ved, at skudsår skal indberettes til politiet.”

*

”Hjem, kære hjem.” Omsider lod Jensen sig dumpe ned i sin yndlingslænestol i stuen.

Den knirkede, og den gav sig, men den havde den helt rigtige pasform i læderpolstringen, oparbejdet gennem lang tids brug, og den tog imod ham som en gammel ven.

For en gangs skyld så Grete også helt kærligt på ham, som han sad i den, med fjernbetjeningen til sportskanalerne inden for rækkevidde. Hun stillede den sushi på sofabordet, som de havde købt med på hjemvejen. ”Vi kan sidde her og spise, hvis du synes.”

”Stikker der noget under?” spurgte han mistroisk.

Hun klappede på lænestolens ryglæn. ”Jeg kan bare godt se, den hører til her.”

”Men er huset stort nok til jer begge to?”

Hun lo. ”Føles det ikke allerede, som om min prøveperiode har varet længe?”

Dagene havde da også været travle. "Du skulle jo nødig gå hen og kede dig."

"Det er der vist ingen risiko for." Hun åbnede bakken med sushiruller og soyasaucen og den revne peberrod.

Duften burde have pirret hans sanser, men for en stund mærkede han mest udmattelsen. Og tomheden efter en afsluttet sag. Mens efterforskningen stod på, havde den holdt ham beskæftiget. Først nu indhentede tristheden over det spildte liv ham for alvor. Så meningsløst.

"John dræbte Louise, fordi hun tog ham i at stjæle pistolen."

Grete satte sig på sofaen. "En idiotisk pistol."

"Han kendte åbenbart nogen i bandemiljøet, men da han tog den, kom hun på tværs, og ja – så lå sværdet jo desværre lige ved hånden." Han sukkede. "Rikke opdagede drabet, men i stedet for at slå alarm, hjalp hun John med at skaffe liget af vejen og tørre fingeraftryk af sværdet og af Louises telefon, efter at hun havde afsendt sms'en med den falske sygemelding."

"Ja, for hvis Bente Lyngby havde vidst, hvad der var sket, ville hun selvfølgelig have aflyst forestillingen," sagde Grete.

"I stedet gav hun Juliet den hovedrolle, som Rikke så længe havde sat næsen op efter til hende." Han tog en slurk af den japanske øl, som var fulgt med.

"Prøv at spise noget alligevel." Grete fangede behændigt en sushirulle med sine spisepinde og løftede den op til hans mund.

"Jeg kan godt selv." Jensen smilede. Bare fordi hans ene arm lå i slynge, gjorde det ham ikke til invalid.

Efterhånden som de spiste, slappede han også af. Sen fuglesang trak ind gennem den åbne terrassedør, og en besked løb ind på hans telefon.

”Se, Asger sender fribilletter til Filuren.” Der lå to hjemmetegnede backstage pas ved og en besked: ’Hvis jeres børnebørn har lyst, vil jeg gerne vise dem rundt.’

Men det måtte vente. Jensen gabte demonstrativt. ”Tror du ikke, vi har gjort os fortjent til en tidlig retræte?”

Grete hjalp med at rydde af bordet. ”Jeg tror, du har en bagtanke,” sagde hun, da han i soveværelset hjalp hende med en lynlås i nakken.

”Mig?” Bag hendes ryg trak han forsigtigt skuffen i natbordet ud, hvor de falske Dracula-tænder havde ventet alt for længe på at komme i brug.

Lige da blottede hun halspulsåren – desværre lidt for tidligt. Mens han endnu kæmpede med at sætte det falske gebis fast, rodede hun efter noget i sin egen skuffe. Piller raslede.

”Har du ondt i hovedet?” spurgte han forsigtigt.

”Kun i tænderne. De trænger til noget kød at bide i.” Hun snurrede rundt, med fingrene kroget sammen til kløer.

Gåsehuden løb op ad hans ryg. To skarpe Draculatænder var groet frem af hendes mundvige.

”Sssshhh!” Grete lo en hæs latter. ”Bliver du bange?”

”N-nej.”

”Ikke det?” Hun kildede ham i siden, til han væltede om af grin, og pressede ham ned i madrassen. Og bed til.

<u>Forfatterens note</u>

Jensen og Grete-historierne er
fiktion.

I 'Teatertorden' har jeg for ek-
sempel brugt Aarhus Teater som ku-
lisse, men tilladt mig at omrokere
dets 91 rum efter behov. Enhver po-
tentiel lighed med det virkelige
personale er utilsigtet, og virke-
lige drab sker, så vidt jeg ved,
kun på scenen.

Forestillingerne på Aarhus Teater
spænder i øvrigt bredt og kan varmt
anbefales.

BRÆNDENDE KÆRLIGHED

Jens Peter Jensen, erfaren politimand, sørger efter sin kones død, da han modtager en bryllupsinvitation fra sin hemmelige ungdomskæreste. Grete skal giftes med deres fælles klassekammerat Gregers i Rinkenæs kirke.

Aftenen før brylluppet brænder Gregers dog inde i sit hus, og selv om alting peger på et hændeligt uheld, tror Jensen på brandstiftelse. I stedet for Grete bliver det nu Gregers' nevø Otto, der skal arve onklens værdifulde marker.

Det lokale politi ser med skepsis på Jensens private efterforskning, og selv Grete har sine forbehold; men Jensen går efter sandheden – og at vinde hendes hjerte – skønt faldgruberne lurer på begge fronter.

EN BÆREDYGTIG DØD

Grete har meldt sin ankomst i Århus, og lampefeberen stiger. Jensen manglede egentlig kun at lukke og slukke efter sig på politigården og at tage hjem, da et mord leder ham på afveje.

Miljøaktivisten Britta Grønbæk har fået et dødeligt slag i baghovedet, og spørgsmålene om forbrydelsen bliver ved med at indhente ham. Ikke mindst fordi Grete stiller dem. Grete var Facebook-venner med offeret, og hun beundrer Britta Grønbæks veninde, fotomodellen Vera Clement.

Sammen går Jensen og Grete på jagt efter gerningsmanden, selv om jalousien truer med at komme på tværs. Vera Clement lægger an på Jensen, og slagteridirektøren Kenneth Malling charmer Grete. Som tresårig må Jensen også erkende, at miljøbevidsthed udtrykker sig anderledes, end den gjorde i hans ungdom.

Endelig har deres nye ven Olfert sit helt eget syn på dyrevelfærd. Jensen får hverken rast eller ro, efter han tog Britta Grønbæks kælegris i pleje.